Andrew Norriss

Mit klick! zurück

Andrew Norriss

Mit Klick! zurück

Aus dem Englischen von Ilse Rothfuss

Mit Illustrationen von Heribert Schulmeyer

Ravensburger Buchverlag

Bibliografische Information der Deutschen Nationalbibliothek

Die Deutsche Nationalbibliothek verzeichnet diese Publikation in der Deutschen Nationalbibliografie; detaillierte bibliografische Daten sind im Internet über *http://dnb.d-nb.de* abrufbar.

MIX
Papier aus verantwortungsvollen Quellen
FSC® C014496

Das für dieses Buch verwendete FSC®-zertifizierte Papier liefert Arctic Paper Mochenwangen GmbH

1 2 3 14 13 12

Umschlagillustration: Dirk Lieb unter Verwendung einer Illustration von Heribert Schulmeyer

Lektorat: Emily Huggins

Printed in Germany

ISBN 978-3-473-36851-8

www.ravensburger.de

Kapitel 1

Am Samstagmorgen saß Alex in seinem Zimmer, als sein Vater hochrief, dass ein Päckchen für ihn gekommen sei. Ein Päckchen, das klang vielversprechend, und Alex stürzte in die Küche hinunter.

Dort studierte sein Dad gerade die Adresse auf einem Karton, der die Größe eines kleinen Koffers hatte. „Das ist von deinem Patenonkel John", sagte Mr Howard. „Wahrscheinlich dein Geburtstagsgeschenk."

Alex hatte zwar erst in drei Monaten Geburtstag, aber Geschenke von seinem Patenonkel konnten zu jeder Zeit kommen. Und meistens waren es sehr ungewöhnliche Geschenke.

Letztes Jahr hatte er zum Beispiel einen Explosionsbaukasten bekommen. (Er durfte bis heute nicht damit spielen.) Im Jahr davor hatte ihm Onkel John zwei Frettchen geschickt – mit einer ausführlichen Anleitung, wie die Tiere zur Kaninchenjagd abgerichtet werden konnten.

„Ich glaube, wir machen es lieber draußen auf", sagte Mr Howard zweifelnd, weil er sich noch gut an die Frettchen erinnerte.

Aber Alex riss bereits das braune Papier herunter und nahm den Deckel ab. Darunter kam eine verbeulte schwarze Laptoptasche zum Vorschein.

„Du liebe Güte", sagte Alex' Vater. „Das ist aber großzügig." Er spähte in die leere Schachtel. „Ist eine Karte dabei? Oder ein Brief?"

Alex war enttäuscht. Ein Laptop war im Prinzip ein tolles Geschenk, klar. Aber der hier war nicht neu, das sah man sofort. Es war ein altes Gerät mit Flecken drauf, die verdächtig nach eingetrockneten Essensresten aussahen. Wahrscheinlich hatte der Laptop nicht halb so viel drauf wie der Computer, den Alex von seinen Eltern zu Weihnachten bekommen hatte. Und auf jeden Fall war das Geschenk längst nicht so spannend wie der Explosionsbaukasten oder die beiden Frettchen.

„Willst du ihn mal ausprobieren?“, fragte sein Vater.

„Hier wird gar nichts ausprobiert, bevor er nicht das Geschirr abgetrocknet hat“, sagte Alex’ Mutter, die gerade von draußen hereingekommen war und ihre ölverschmierten Hände mit einem Stück Küchenkrepp abwischte. „Kann mal jemand den Teekessel aufsetzen?“

Zehn Minuten später war Alex mit Abtrocknen fertig und trug den Laptop in sein Zimmer hinauf. Das Ding war zwar alt, aber vielleicht waren wenigstens ein paar interessante Spiele drauf.

Er setzte sich an seinen Schreibtisch und fuhr den Laptop hoch. Auf dem Bildschirm öffnete sich ein Fenster, in das er seinen Namen, das Datum und die Uhrzeit eintragen sollte. Heute war der 14. Mai und die Uhr auf dem Schreibtisch zeigte dreiundzwanzig Minuten nach zehn an. Also tippte er 10:23 ein.

Jedenfalls hatte er das vor.

In Wahrheit aber vertippte Alex sich und trug 10:03 in das Fenster ein.

Das war nicht weiter schlimm. Fehler lassen sich auf dem Computer ganz einfach korrigieren, das wusste Alex. Er brauchte nur die Taste „Strg“ und dann „Z“ anzuschlagen, um den Tippfehler rückgängig zu machen.

Also drückte er Strg und Z.

Der Laptop verschwand.

Alex rieb sich die Augen. Er brauchte einen Augenblick, bis er sich von dem Schreck erholt hatte. Schließlich kam es nicht alle Tage vor, dass die Dinge sich vor seiner Nase in Luft auflösten – noch dazu ein Computer, den er erst seit zehn Minuten besaß und noch kaum angerührt hatte. Er blickte sich im Zimmer um, schaute unter dem Schreibtisch nach und schließlich sogar aus dem Fenster, aber vergeblich. Der Laptop blieb verschwunden.

Alex saß immer noch an seinem Schreibtisch und überlegte, was er jetzt tun sollte, als sein Vater wieder hochrief, dass ein Päckchen für ihn da sei.

Verwirrt ging er in die Küche hinunter. Dort saß sein Vater und studierte die Adresse auf dem Päckchen, das ungefähr die Größe eines kleinen Koffers hatte.

„Das ist von deinem Patenonkel John“, sagte Mr Howard, als Alex zur Tür hereinkam. „Wahrscheinlich dein Geburtstagsgeschenk.“

Alex starrte das Päckchen an. „Aber das ist doch genau dasselbe wie vorher“, sagte er.

„Wie vorher? Du meinst den Explosionsbaukasten?“, fragte sein Vater. „Nein, nein, die Schachtel war viel größer.“ Er schwieg einen Augenblick und fügte dann zweifelnd hinzu: „Ich glaube, wir machen es lieber draußen auf.“

Alex trat vor, riss das Papier herunter und nahm den Deckel ab. In der Schachtel lag eine verbeulte schwarze Tasche. Darin befand sich ein Laptop.

Das wurde ja immer merkwürdiger.

„Noch ein Computer“, sagte Alex. „Warum schickt er mir denn jetzt noch einen Computer?“

„Na ja, er kann doch nicht wissen, dass wir dir einen zu Weihnachten geschenkt haben“, erwiderte sein Vater und schnippte einen Krümel von dem Gerät weg. „Außerdem ist das hier ein Laptop – den kannst du in dein Zimmer mit raufnehmen. Willst du ihn gleich mal ausprobieren?“

„Hier wird gar nichts ausprobiert, bevor er nicht das Geschirr abgetrocknet hat.“ Alex’ Mutter kam von draußen herein und wischte sich ihre ölverschmierten Hände mit einem Stück Küchenkrepp ab. „Kann mal jemand den Teekessel aufsetzen?“

„Aber ich hab doch schon abgetrocknet“, protestierte Alex. „Ich hab’s gerade erst …“ Er verstummte und starrte auf das Abtropfbrett, wo das Frühstücksgeschirr stand. Nicht etwa anderes Geschirr, das in der Zwischenzeit dazugekommen war, sondern dasselbe Geschirr wie vorher. Als hätte jemand die Sachen extra wieder aus dem Schrank genommen, unter dem Wasserhahn nass gemacht und aufs Abtropfbrett gestellt, damit Alex alles noch mal abtrocknen musste.

Allmählich beschlich ihn das Gefühl, dass die ganze Welt verrückt geworden war. Und dann fiel sein Blick auf die Küchenuhr.

Die Uhr zeigte genau acht Minuten nach zehn an.

Ein leiser Verdacht regte sich in seinem Hinterkopf. Obwohl es absolut unmöglich war, klar, und dennoch …

Zwölf Minuten später hatte Alex das Geschirr zum zweiten Mal abgetrocknet und saß an seinem Schreibtisch, den aufgeklappten Laptop vor sich.

Er fuhr ihn hoch und wieder öffnete sich das Fenster, in das er seinen Namen, das Datum und die Uhrzeit eingeben musste. Er tippte seinen Namen ein, dann das Datum, 14. Mai, und dann die Zeit.

Nach der Uhr auf seinem Schreibtisch war es zweiundzwanzig Minuten nach zehn, aber das gab Alex nicht ein. Stattdessen wiederholte er seinen Fehler von vorhin und tippte sorgfältig die falsche Zahl ein: 10:03. Dann drückte er Strg und Z.

Der Computer verschwand. Alex saß da und wartete.

Er musste nicht lange warten.

Nach ein, zwei Minuten rief sein Vater herauf, dass ein Päckchen für ihn da sei.

Alex ging hinunter. Die Uhr an der Küchenwand zeigte vier Minuten nach zehn. Sein Vater studierte die Adresse auf dem Päckchen und sagte: „Das ist von deinem Patenonkel John. Wahrscheinlich dein Geburtstagsgeschenk."

Und dann wiederholte sich alles. Es war ein komisches Gefühl, alles noch einmal zu erleben: Alex riss das Päckchen auf und fand den Laptop darin. Sein Vater war überrascht, seine Mutter kam herein und sagte ihm zum dritten Mal, dass er erst das Geschirr abtrocknen müsse.

Endlich saß Alex wieder in seinem Zimmer, tippte seinen Namen und seine Adresse in den Computer ein, und dann das Datum und die Zeit …

Na ja, nicht die Zeit. Noch nicht.

Denn die Zeitangabe war das Geheimnis, so viel stand fest. Als er versehentlich 10:03 eingetippt hatte, hatte der Laptop die Zeit auf diesen Moment zurückgedreht – also auf drei Minuten nach zehn. Aber was würde passieren, wenn er jetzt eine andere Zeit eingab? Würde er dann auch in diesen Moment zurückversetzt werden?

Es gab nur eine Möglichkeit, das herauszufinden.

Die Uhr, die auf der rechten Seite seines Schreibtischs stand, zeigte 10:21 an.

Alex tippte 10:20 in den Laptop ein und stellte die Uhr von der rechten auf die linke Schreibtischseite, bevor er Strg und Z drückte.

Prompt verschwand die Uhr von der linken Seite des Schreibtischs und tauchte rechts wieder auf.

Das Zifferblatt zeigte 10:20 Uhr an.

Vorsichtshalber wiederholte Alex das Ganze. Diesmal verschob er nicht nur die Uhr von rechts nach links, sondern riss ein paar Bücher aus den Regalen und stapelte sie mitten auf dem Fußboden auf. Außerdem zog er seine Hausschuhe unter dem Bett hervor und legte sie dazu. Dann setzte er sich an den Schreibtisch. Es war 10:22, also gab er 10:20 in den Computer ein und drückte Strg und Z.

Blitzschnell kehrte die Uhr in ihre ursprüngliche Position zurück, die Hausschuhe standen wieder unter dem Bett und die Bücher an ihrem Platz im Regal. Alles war wie um zwanzig nach zehn.

Ungläubig schüttelte Alex den Kopf. So was Verrücktes hatte er noch nie erlebt. Es war unglaublich, aber der Computer drehte eindeutig die Zeit zurück, wenn man eine Zahl eintippte und dann Strg und Z drückte.

Das war so hirnrissig, dass er es vorsichtshalber gleich noch mal ausprobierte.

In dem neuen Experiment veränderte Alex allerdings mehr als nur ein paar Bücher und Hausschuhe. Diesmal warf er alle Bücher auf den Boden, leerte den gesamten Inhalt seines Legokastens auf dem Teppich aus und zum Schluss zerrte er noch seine Bettdecke und sein Kopfkissen vom Bett. Dabei fiel die Nachttischlampe herunter und zerbrach. Alex erschrak und fragte sich, wie er das seinen Eltern beibringen sollte, bis ihm aufging, dass er sich deshalb keine Sorgen machen musste. Eine Beichte war nicht notwendig. Alex konnte kaputt machen, so viel er wollte, weil er ja nur die beiden Tasten auf dem Laptop drücken musste, dann war alles wieder wie vorher.

Er stand noch mitten im Zimmer und dachte darüber nach, als sein Vater hereinkam.

„Wollte nur mal sehen, wie du mit deinem neuen …“ Mr Howard verstummte, starrte auf das Bettzeug am Boden, auf die Legosteine, die auf dem Teppich verstreut lagen, und auf die zerbrochene Nachttischlampe. „Was in aller Welt hast du denn da angestellt?“

„Ähm …“, sagte Alex. „Also …“

„Du hast die Lampe kaputt gemacht!“, rief sein Vater. „Wie ist das denn passiert?“

„Ähm …“

„Und warum liegt das ganze Zeug auf dem Boden? Was ist denn hier los, um Himmels willen?“

Alex ging schnell zu seinem Schreibtisch hinüber. „Warte mal kurz“, sagte er. „Ich muss nur schnell was eintippen.“

„Kommt gar nicht infrage!“, sagte Mr Howard energisch. „Erst erklärst du mir, was das alles hier …“

Aber Alex hatte bereits Strg und Z gedrückt. Sein Vater war verschwunden. Alex saß wieder allein an seinem Schreibtisch, die Bettdecke und die Kissen lagen auf dem Bett und die Lampe stand unversehrt auf dem Nachttisch. Es war zwanzig Minuten nach zehn.

Jetzt erst fiel Alex ein kleiner Briefumschlag in der unteren rechten Ecke des Bildschirms auf. Er klickte das Symbol an.

Eine E-Mail öffnete sich und Alex las:

Lieber Alex,
wahrscheinlich warst du enttäuscht, weil du mein Geschenk langweilig findest und sicher einen viel besseren Computer hast. Aber pass auf: Das Gerät kann etwas Unglaubliches.
Wenn sich die Seite öffnet, in die du deine Daten eintragen sollst, musst du auch die Zeit eingeben. Du kannst natürlich die richtige Zeit nehmen, aber wenn du eine frühere Zeit eintippst und Strg und Z drückst, wirst du staunen, was passiert!

Ich wünsche dir jedenfalls viel Spaß damit. Hoffentlich machst du viele Fehler!

Liebe Grüße
von deinem Patenonkel
John Presley

PS: Ich glaube, es ist besser, wenn du deinen Eltern nichts davon erzählst. Sonst nehmen sie dir den Laptop vielleicht weg, so wie den Explosionsbaukasten.

Alex las die Mail zweimal durch. Er hatte keine Ahnung, warum sein Patenonkel ihm wünschte, dass er viele Fehler machen sollte.

Und das war nicht die einzige Frage, die ihm durch den Kopf ging. Zum Beispiel hätte er gern gewusst, woher der Laptop kam, wer ihn hergestellt hatte und wie er funktionierte …

Dann ging die Tür auf und sein Vater kam ins Zimmer herein.

„Ich wollte nur sehen, wie du mit deinem Geburtstagsgeschenk zurechtkommst", sagte er. „Funktioniert das Ding?"

„Ja, klar", sagte Alex und stand auf. „Ich geh gleich mal zu Callum rüber und zeig ihm den Laptop."

„Aber Callum hat doch jetzt keine Zeit", wandte Mr Howard ein. „Wegen der Party, meine ich."

„Ach, die ist erst am Nachmittag", sagte Alex und klappte

den Laptop zu. „Und hier ist ein Programm drauf, das Callum sicher interessiert."

Das war nicht gelogen, denn Callum würde Bauklötze staunen, wenn er ihm zeigte, was der Laptop konnte.

Kapitel 2

Callum wohnte vier Häuser weiter auf der anderen Straßenseite. Als Alex an der Tür läutete, machte Callums Mutter auf, eine große, breitschultrige Frau. Mrs Bannister wirkte ziemlich gestresst, aber sie lächelte Alex trotzdem freundlich an.

„Gut, dass du da bist, Alex!", sagte sie, legte ihm eine Hand auf die Schulter und zog ihn zur Tür herein. „Wir haben hier noch so viel zu tun und einer muss auf Callum aufpassen." Sie ging vor Alex her durchs Haus. „Bis jetzt hat er sich recht gut gehalten, aber ... na, du kennst ihn ja."

Alex wusste genau, was Mrs Bannister meinte: Callum war manchmal ziemlich „unfallträchtig", wie die Erwachsenen es nannten. Nicht, dass er absichtlich etwas Schlimmes anstellte, aber er zog Katastrophen geradezu magisch an. Wenn jemand aus dem Fenster fiel oder sich mit dem Toaster einen elektrischen Schlag holte, war das mit Sicherheit Callum. Er konnte machen, was er wollte, die Unfälle passierten ihm einfach.

„Sein Vater hat ihm Luftballons zum Aufblasen gegeben", wisperte Mrs Bannister Alex zu, während sie durch die Küche zur Terrasse gingen. Besorgt deutete sie auf Callum, der draußen an einem großen Gaszylinder stand und Luftballons aufblies. „Ich weiß nicht, ob das klug war. Aber so wissen wir wenigstens, was er gerade macht. Bist du so nett und passt auf, dass er ... dass er nichts anstellt?"

„Ja, klar", sagte Alex und ging zu seinem Freund.

„Du bist aber früh dran“, sagte Callum. „Dad holt Lilly erst in einer Stunde ab.“

Lilly war Callums kleine Schwester. Sie hatte wegen einer Knochenentzündung sechs Wochen im Krankenhaus gelegen. Heute durfte sie endlich nach Hause. Die Bannisters hatten eine Willkommensparty für sie organisiert und ein paar Kinder eingeladen.

„Ja, ich weiß, dass sie erst nachmittags kommt“, sagte Alex. „Ich wollte dir nur das hier zeigen.“ Er griff in seine Tasche und holte den Laptop heraus. „Den hab ich heute Morgen gekriegt.“

Callum runzelte die Stirn. „Aber du hast doch schon einen Computer. Du hast erst einen zu Weihnachten gekriegt oder nicht?“

„Ja“, sagte Alex, „aber nicht so einen. Den hat mir mein Patenonkel geschenkt und er ist echt ... der Hammer.“

„Ach ja?“ Callum nahm einen Luftballon, stülpte ihn über die Tülle des Gaszylinders und öffnete das Ventil. „Und was ist so toll daran?“, fragte er.

„Das glaubst du mir sowieso nicht, wenn ich es dir erzähle“, sagte Alex. „Deshalb zeig ich’s dir lieber.“ Er setzte sich auf eine Gartenbank und schaltete den Laptop ein.

Er öffnete das Fenster, in dem die Zeit eingestellt wurde, änderte die Zahlen auf zwei Minuten früher und hielt Callum den Laptop hin.

„Ich hab schon alles für dich eingerichtet“, sagte er. „Du musst nur noch Strg und Z drücken.“

„Kann ich das nicht später machen?“, fragte Callum. Er

klemmte den Luftballon mit einem Verschluss ab und befestigte ihn an der Lehne eines Gartenstuhls, damit er nicht wegfliegen konnte. „Ich soll hundert von diesen Dingern aufblasen, hat Dad gesagt, und ich hab noch nicht mal die Hälfte geschafft."

„Strg und Z", sagte Alex. „Mehr musst du nicht tun. Einfach Strg und Z drücken."

Callum zuckte leicht mit den Schultern, griff nach dem Laptop und hielt die Steuerungstaste mit einem Finger herunter, während er mit dem anderen die Taste mit dem Z antippte.

Im nächsten Moment stand Alex wieder mit Mrs Bannister in der Küche.

„Sein Vater hat ihm Luftballons zum Aufblasen gegeben", wisperte sie ihm zu und deutete besorgt auf die Terrasse hinaus. „Ich weiß nicht, ob das klug war. Aber so wissen wir wenigstens, was er gerade macht. Bist du bitte so nett und passt auf, dass er … dass er nichts anstellt?"

„Ja, klar", sagte Alex und ging zu seinem Freund.

„Du bist aber früh dran", wunderte sich Callum. „Dad holt Lilly erst in einer Stunde ab."

„Mann, Callum, erinnerst du dich nicht?", fragte Alex.

„Erinnern? Woran?" Callum zeigte auf die Tasche, die Alex dabeihatte. „Was ist denn da drin?"

„Ein Computer", sagte Alex. „Der, von dem ich dir erzählt habe. Erinnerst du dich wirklich nicht?"

„Aber du hast doch schon einen Computer." Callum nahm einen neuen Luftballon und zog ihn über die Tülle des Gaszylinders, dann öffnete er das Ventil. „Du hast einen zu Weihnachten bekommen oder nicht?“

„Ja, hab ich“, sagte Alex, „aber nicht so einen. Der hier ist …“

Er wusste plötzlich nicht mehr, was er sagen sollte. Wie sollte er Callum erklären, dass der Laptop die Zeit zurückdrehen konnte, wenn sein Freund sich nicht daran erinnerte?

„Ich soll hundert von diesen Dingern aufblasen“, fing Callum wieder an. Er klemmte den Luftballon mit einem Verschluss ab und befestigte ihn an der Lehne eines Gartenstuhls, damit er nicht wegfliegen konnte. „Mein Dad hat gesagt, er will den ganzen Garten damit schmücken. Gib mir noch einen rüber, ja?“

Alex reichte ihm den nächsten Luftballon. Während Callum ihn mit Gas füllte, überlegte Alex angestrengt: Irgendwie musste er seinem Freund erklären können, was das Besondere an seinem Laptop war. Callum erzählte unterdessen von einem Missgeschick, das er am Morgen mit der Heckenschere erlebt hatte.

Alex sah sich im Garten um. Mr Bannister mähte gerade das letzte Rasenstück, aber plötzlich streikte der Rasenmäher und ließ sich nicht wieder in Gang bringen. Aus der offenen Terrassentür hinter Alex dröhnte der Fernseher. Anscheinend lief gerade ein Kricketspiel, denn der Reporter verkündete aufgeregt, dass Flintoff ausgeschieden war und England noch siebzehn Punkte brauchte, um den Sieg zu holen.

Mrs Bannister kam mit einem Tablett voll Besteck aus der Küche und trug es zu einem Tisch auf dem Rasen. Dann rief sie ihren Mann und fragte, ob er kurz kommen und den Tisch mit ihr in den Schatten tragen könne …

… und plötzlich wusste Alex, was er tun musste, um Callum zu überzeugen.

Er setzte sich auf die Bank, öffnete seinen Laptop, gab die richtige Zeit ein und drückte Strg und Z.

„Was ist denn da drin?“, fragte Callum und zeigte auf die Tasche, die Alex dabeihatte.

„Das ist ein Computer“, sagte Alex. Er nahm den Laptop heraus. „Ich hab ihn heute Morgen bekommen.“

Callum nahm einen neuen Luftballon in die Hand. „Aber du hast doch schon einen.“

„Ja, hab ich“, sagte Alex, „aber nicht so einen. Der hier kann die Zeit zurückdrehen. Wenn du die Zeit einstellst und die Tasten Strg und Z drückst, springst du zu einem früheren Zeitpunkt des Tages zurück.“

„Ja, klar …“ Callum stülpte den Luftballon über die Tülle des Gaszylinders und öffnete das Ventil. „So einen hätte ich mir auch fast gekauft“, sagte er trocken. „Aber ich hab's mir anders überlegt. Ich spare jetzt auf einen Zaubermantel, mit dem man sich unsichtbar machen kann.“

„Ich wusste doch, dass du mir nicht glaubst“, seufzte Alex. „Aber ich kann's beweisen.“ Er warf einen Blick auf seine Uhr. „In ungefähr fünf Sekunden gibt der Rasenmäher seinen Geist auf und dein Dad bringt ihn nicht mehr in Gang. Dann kommt im Fernsehen, dass Flintoff raus ist und England noch siebzehn Punkte braucht, um das Kricket-Match zu gewinnen. Kurz danach geht deine Mutter mit einem Tablett voll Besteck aus der Küche und stellt es auf den Tisch da drüben. Dann ruft sie deinen Dad und fragt ihn, ob er ihr hilft, den Tisch in den Schatten zu tragen."

Callum starrte Alex an. Er wollte schon etwas erwidern, doch da verstummte das Rattern des Rasenmähers. Die beiden Jungen beobachteten von der Terrasse aus, wie Mr Bannister vergeblich versuchte, das Gerät wieder in Gang zu bringen.

„Er ist raus!", tönte die aufgeregte Stimme des Reporters aus dem Fernseher. „Flintoff ist raus. England braucht noch siebzehn Punkte, um dieses Match zu gewinnen ..."

„Hilfst du mir, den Tisch rüberzutragen?", rief Mrs Bannister ihrem Mann zu, während sie das Tablett auf dem Tisch absetzte, der mitten auf dem Rasen stand. „Ich glaube, der sollte jetzt besser im Schatten stehen."

Callum drehte sich mit offenem Mund zu Alex um. „Woher ... Woher wusstest du das alles?"

„Weil ich es schon mal erlebt habe", erwiderte Alex. „Das macht der Computer. Er dreht die Zeit für mich zurück."

Bevor er erklären konnte, wie es funktionierte, merkte er plötzlich, dass der Gartenstuhl mit den Luftballons drei Meter hoch in der Luft schwebte und immer höher hinaufstieg.

Der Stuhl, an dem Callum sorgfältig dreiundvierzig

heliumgefüllte Luftballons festgebunden hatte, bestand aus Leichtmetall. Bis vor wenigen Sekunden hatte nichts darauf hingedeutet, dass die dreiundvierzig Luftballons ihn in die Luft ziehen könnten. Aber da hatte auch noch Mojo auf der Sitzfläche gelegen. Mojo war der Hund der Bannisters. Als Mrs Bannister mit ihrem Tablett aus der Küche gekommen war, war Mojo vom Stuhl gesprungen und ihr gefolgt. Wenn irgendwo ein Tablett auftauchte, fiel meistens auch ein leckeres Häppchen für ihn ab, das wusste Mojo aus Erfahrung.

Sobald der Stuhl von Mojos Gewicht befreit war, reichte das Helium in den dreiundvierzig Luftballons aus, um ihn in die Luft zu ziehen. Alex und Callum schauten fassungslos zu, wie der Stuhl gegen die Satellitenschüssel an der Wand direkt unter der Regenrinne krachte.

Von drinnen kam ein Aufschrei. Callums Großvater fluchte, weil das Fernsehbild verschwunden war.

Die Luftballons und der Stuhl stiegen noch höher hinauf und der Wind trieb sie unaufhaltsam über den Garten hinweg.

„Mit dem Fernseher stimmt was nicht“, schrie Callums Opa, der jetzt auf die Terrasse herauskam. „Das Bild ist plötzlich weg. Wir hätten nur noch siebzehn Punkte gebraucht und …“ Er verstummte und blickte sich um. „Wo ist mein Jackett?“

„Was?“ Callum riss seine Augen von dem fliegenden Gartenstuhl los.

„Ich habe meine Jacke hier draußen über einer Stuhllehne gelassen", sagte sein Opa und warf Callum einen misstrauischen Blick zu. „Was hast du damit gemacht?"

„G...gar nichts. I...ich hab nichts gemacht", stotterte Callum, dem verständlicherweise das Herz in die Hose sackte.

„Aber wo ist sie dann?", hakte sein Großvater nach.

„Kein Problem", rief Alex. „Da kommt sie schon wieder runter."

Er zeigte aufgeregt auf die Luftballons. Inzwischen waren einige in einem Baum hängen geblieben und geplatzt, sodass der Stuhl mit der Jacke von Callums Opa über der Rückenlehne dramatisch an Höhe verlor.

Callum war der Erste, der die Gefahr erkannte. „Dad!", rief er verzweifelt. „Pass auf, Dad!"

Mr Bannister, der gerade den Tisch an einem Ende hochhob, drehte den Kopf herum und blickte nach oben. Leider genau im falschen Moment: Wie ein Blitz sauste der Gartenstuhl auf ihn herunter und traf ihn am Nasenbein.

Mit einem Aufschrei taumelte Callums Vater rückwärts in die Brennnesseln, während der Stuhl seine rasante Sturzfahrt fortsetzte und mit voller Wucht in den Gartenteich platschte.

„Meine Jacke!", schrie Callums Großvater und rannte in den Garten hinunter. „Da ist mein Ticket nach Australien drin!"

„Du lieber Himmel, Arnold!" Mrs Bannister kniete neben ihrem Mann, dem das Blut aus der Nase schoss. „Arnold, ist alles in Ordnung?"

Callum starrte ungläubig auf die Szene vor ihnen. „Oh, nein“, stöhnte er kopfschüttelnd. „Warum passiert so was immer mir?“

Alex gab keine Antwort. Er saß auf der Bank und tippte eifrig auf seinem Laptop herum.

„Bist du so nett und passt auf, dass er … dass er nichts anstellt?“, fragte Mrs Bannister.

Alex brauchte einen Moment, bis er sich erinnerte, wo er gelandet war. „Ähm … ja“, sagte er und ging zu Callum auf die Terrasse hinaus.

„Du bist aber früh dran“, sagte Callum. „Dad holt Lilly erst in einer Stunde ab.“

„Ich weiß“, sagte Alex. „Und jetzt pass auf: Erstens ist es idiotisch, die Luftballons an den Stuhl zu binden, weil er nämlich wegfliegt, sobald Mojo runterspringt, okay?“

„Was? Wovon redest du?“ Callum schaute ihn verwirrt an.

„Erst die Luftballons, dann die Erklärungen“, sagte Alex. „Und jetzt hörst du mir bitte ganz genau zu, weil ich es dir nämlich nur einmal sage.“

Aber selbst als Alex die ganze Geschichte zweimal erzählt hatte – von dem Päckchen mit dem Laptop bis zu dem Moment, als der Stuhl in der Luft schwebte –, schien Callum ihm nicht wirklich zu glauben.

„Dann hast du gesehen, wie die Luftballons den Stuhl hochgezogen haben?“, fragte er.

„Ja“, bestätigte Alex geduldig.

„Und er ist gegen die Satellitenschüssel gestoßen und über dem Garten geschwebt?“

„Genau“, sagte Alex. „Dann sind die Luftballons in den Bäumen hängen geblieben und geplatzt und der Stuhl ist deinem Dad auf die Nase gekracht und die Jacke von deinem Opa ist im Teich gelandet.“

„Aber warum weiß ich nichts davon?“ Callum schüttelte den Kopf, als könnte er dadurch sein Gedächtnis auf Trab bringen. „Ich erinnere mich an nichts.“

„Nein, natürlich nicht“, sagte Alex. „Das hab ich dir doch gerade erklärt. Niemand außer mir erinnert sich, wenn ich die Zeit zurückdrehe.“

„Ja …“ Callum nickte zweifelnd und fragte sich einen Augenblick, ob sein Freund das alles erfunden hatte. Das wäre die einfachste Erklärung. Aber Alex war nicht der Typ, der Lügenmärchen erzählte. Außerdem blieb dann noch die Frage, wie er von den Luftballons wissen konnte oder von der Rasenmäherpanne und dem Stand des Kricketspiels.

„Kann ich es mal ausprobieren?“, fragte Callum.

„Hast du doch schon“, sagte Alex. „Aber es nützt nichts. Es wirkt nur bei mir.“

„He, warte mal!“, sagte Callum langsam. „Wir könnten doch meinen Namen in den Computer eingeben statt deinem?“ Als er Alex’ Gesicht sah, fügte er schnell hinzu: „Hinterher kannst du’s ja wieder auf deinen Namen umändern. Nur damit ich es mal ausprobieren kann.“

Widerstrebend stimmte Alex zu. Doch Callums Idee erwies sich als Flop. Es ging nicht. Alex’ Name ließ sich nicht ändern. Das Einzige, was auf der Seite geändert werden konnte, war die Zeit. Callum wollte wenigstens das ausprobieren und selber Strg und Z drücken, aber das Ergebnis blieb das gleiche. Nur Alex konnte sich hinterher erinnern, dass sie die Zeit zurückgedreht hatten.

Das Problem war nur: Wenn Callum in der Zeit zurückgegangen war, wusste er nicht mehr, dass er es schon ausprobiert hatte. Er landete einfach wieder an dem Punkt, als er gefragt hatte, ob er es probieren durfte. Alex musste ihm dann erklären, dass er das bereits getan hatte, zweimal sogar schon, und dass er sich damit abfinden müsse, dass Alex der Einzige war, der sich erinnern konnte.

„So was Blödes, ehrlich", seufzte Callum enttäuscht. „Für jemanden wie mich könnte das nämlich verdammt nützlich sein."

„Du meinst, wenn du wieder mal was anstellst?"

„Ja." Callum setzte sich auf die Bank und starrte nachdenklich in den Garten hinunter.

„Kein Problem", sagte Alex. „Ich kann das doch für dich machen. Wenn dir was passiert, musst du es mir nur sagen, dann dreh ich die Zeit zurück und verhindere es."

Callum dachte darüber nach. „Du meinst, wenn ich mich auf die Bank hier setze und aus Versehen was kaputt mache, könntest du vor den Moment zurückgehen, in dem ich es gemacht habe?"

„Ja", sagte Alex. „Genau. Du musst mich nur fragen." Er schaute seinen Freund an. „Okay, sag schon, wo du dich draufgesetzt hast!"

„Weiß nicht genau." Callum stand auf. Er hatte sich auf die Tasche gesetzt, die Alex mitgebracht hatte. Jetzt nahm er eine kleine Schachtel heraus, die in Goldpapier eingewickelt war. Sie war völlig platt gedrückt.

„Das ist mein Willkommensgeschenk für Lilly", sagte Alex.

„Ah ..." Callum schüttelte das Päckchen, in dem es ratterte und klirrte. „Soll sich das so anhören?"

„Nicht wirklich", sagte Alex. „Das war mal ein Porzellanhund." Er griff nach seinem Laptop. „Moment mal, das haben wir gleich ..."

„So was Blödes, echt." Callum war sichtlich enttäuscht. „Für jemanden wie mich könnte das nämlich verdammt nützlich sein."

„Du meinst, wenn du wieder mal was anstellst?" Alex streckte die Hand aus und nahm schnell seine Tasche von der Bank.

„Ja." Callum setzte sich und starrte nachdenklich in den Garten hinunter. Dann drehte er sich zu seinem Freund um. „Und was machst du jetzt damit?"

„Weiß nicht", sagte Alex zögernd. „Mein Patenonkel hat in seiner Mail geschrieben, dass er mir viel Spaß damit wünscht und dass ich viele Fehler machen soll."

„Viele Fehler machen?"

Alex zuckte die Schultern. „Ja, das hat er geschrieben."

„Also dabei kann ich dir garantiert helfen", sagte Callum grinsend. „Ich mache genug Fehler für uns beide."

Kapitel 3

Das Fest wurde ein voller Erfolg. Lilly strahlte vor Glück, weil sie endlich wieder zu Hause war, und freute sich riesig über die Luftballons im Garten. Alle johlten und klatschten, als sie in ihrem Rollstuhl über den Rasen fuhr – richtig gehen konnte sie noch nicht, das würde ein paar Wochen dauern. Dann war Lilly erst mal eine halbe Stunde damit beschäftigt, ihre Geschenke auszupacken.

Der Nachmittag verging wie im Flug mit essen, spielen und herumtoben. Mrs Bannister hatte Alex gebeten dazubleiben. Er half mit, das Essen herumzureichen und die Spiele zu organisieren. Und es war gut, dass er da war! Dreimal musste Alex seinen Laptop einsetzen: das erste Mal, als Callum einen Krug Limonade über die Musikanlage seines Vaters kippte; das zweite Mal, als Callum über eine Baumwurzel stolperte und ein Tablett mit Besteck auf den Kopf eines kleinen Mädchens fallen ließ; und das dritte Mal, als er das Wohnzimmer in Brand steckte.

Das Feuer war so entstanden: Callum sollte Mojo anbinden, damit er die Gäste nicht erschreckte. Einige Kinder hatten Angst, wenn der große Hund im Garten herumtobte. Callum band Mojo also am Grill fest. Das ging so lange gut, bis Mojo auf die Idee kam, sich (samt Grill) ins Haus zu schleppen, und die Wohnzimmervorhänge in Brand gerieten. Zum Glück konnte Alex jedes Mal die Zeit zurückstellen und dafür sorgen, dass die Unfälle gar nicht erst passierten.

„Wir sind dir so dankbar“, sagte Mrs Bannister am Schluss zu Alex. Lilly war in ihr Zimmer hinaufgeschickt worden, weil sie müde war, und Alex wollte gerade nach Hause gehen. „Es war so ein schöner Nachmittag. Ohne dich hätten wir das alles nie geschafft."

„Ohne mich?", fragte Alex. Er befürchtete schon, dass Callum ihr von seinem Computer erzählt hatte. „Ich hab doch gar nichts gemacht … ehrlich."

„Oh doch, das hast du." Mrs Bannister strahlte ihn an. „Ich hab doch gesehen, wie du auf Callum aufgepasst und dafür gesorgt hast, dass er nichts anstellt. Und es ist alles gut gegangen! Danke, Alex, du warst wirklich eine große Hilfe."

Dann gab sie ihm ein großes Stück Kuchen und eine riesige Flasche Orangenlimo mit, und Alex ging mit seinem Laptop unter dem Arm zufrieden nach Hause. Es war ein schöner Tag gewesen.

Ein sehr schöner Tag.

Als er in die Einfahrt zu seinem Haus kam, streckte seine Mutter den Kopf unter der Autohaube hervor und fragte: „Na, wie war die Party?"

„Super", sagte Alex. „Lilly hat sich riesig gefreut …"

„Das ist schön …" Alex' Mutter hielt eine Zündkerze in die Höhe und studierte sie sorgfältig. Vor zwei Jahren hatte sie damit angefangen, einen alten Triumph TR4 zu restaurieren, und obwohl der Wagen jetzt fast fertig war, lief der Motor immer noch nicht so rund, wie sie es sich wünschte. „Und was hat Callum alles angestellt?"

„Nichts", sagte Alex. „Gar nichts."

„Im Ernst? Das ist aber neu." Mrs Howard maß etwas

an der Zündkerze, dann schaute sie über den Wagen hinweg zu Alex. „Du hast doch keinen Hunger, oder? Ich will das hier erst fertig machen."

Alex wollte nichts, weil er bei den Bannisters genug gegessen hatte, und ging ins Haus. Er holte ein Glas aus der Küche und ging in sein Zimmer hinauf.

Auf dem Heimweg war ihm nämlich eine Idee gekommen. Wenn er die Uhr im Laptop auf eine spätere Tageszeit einstellte, konnte er vielleicht in die Zukunft gelangen statt in die Vergangenheit. Das könnte sehr nützlich sein: Wenn er zum Beispiel zum Zahnarzt musste oder keine Lust hatte, seine Hausaufgaben zu machen, konnte er sich in die Zukunft versetzen, wenn alles schon vorbei oder erledigt war, und auf diese Weise alles Unangenehme überspringen. Eine coole Vorstellung.

Aber als Alex es ausprobierte, erlebte er eine Riesenenttäuschung: Er setzte sich in seinem Zimmer an den Schreibtisch, stellte die Uhr des Laptops dreißig Minuten vor und drückte Strg und Z. Nichts geschah. Die Zeitanzeige des Computers sprang wieder zurück und Alex blieb in der Gegenwart.

Als Nächstes experimentierte er mit dem Datum, aber auch das funktionierte nicht. Er wollte spaßeshalber in einen anderen Tag in der Zukunft oder Vergangenheit springen, aber das Datum blieb genauso unveränderlich wie sein Name. Nur die Zeit war verstellbar und die ließ sich nur zurückdrehen.

Alex nippte an seiner Orangenlimo und überlegte, warum das so war. Das war eine der vielen Fragen, auf die er keine Antwort fand. Wo blieben die Zeiten, die nicht mehr existierten, weil er zurückgegangen war und sie verändert hatte? Was war mit dem Augenblick passiert, als die Luftballons mit dem Gartenstuhl davongeflogen waren?

Der Einzige, der ihm vielleicht eine Antwort darauf geben konnte, war sein Patenonkel. Alex beschloss, sich an ihn zu wenden. Da hörte er seine Eltern in der Küche unten reden.

Ihre Stimmen wurden lauter. Mit einem flauen Gefühl im Magen erkannte Alex, dass sie stritten.

Schon wieder.

Früher hatten seine Eltern sich nie gestritten. Andere Eltern zankten, flippten aus und brüllten sich an, aber bei den Howards am Oakwood Close Nummer 17 ging es stets friedlich zu.

Jedenfalls bis vor ein paar Monaten. Dann hatten die Streitereien angefangen. Nicht die ganze Zeit, nur hin und wieder. Immer ging es um lächerliche Kleinigkeiten. Manchmal stritten seine Eltern, weil einer von ihnen das Handtuch nicht aufgehängt oder das Licht nicht ausgeknipst hatte, und einmal diskutierten sie eine ganze Stunde lang darüber, ob irgendein dämlicher Schraubenzieher in die richtige Schublade im Werkzeugraum zurückgelegt worden war oder nicht.

Alex schlich auf den Treppenabsatz hinaus und lauschte. Diesmal drehte sich der Streit ums Abendessen.

„Aber es war doch dein Vorschlag“, sagte sein Vater gerade. „*Du* hast gesagt, dass du ein richtiges Essen kochen willst."

„Ja, ich weiß – tut mir leid", verteidigte sich seine Mutter. „Ich war mit dem Wagen beschäftigt und hab nicht mehr dran gedacht."

„Ja, genau, dein heiliges Auto!", sagte Mr Howard mit einer Stimme, die vor falscher Anteilnahme triefte. „Das ist natürlich viel wichtiger, klar …"

„Jetzt hör aber auf!", fauchte Mrs Howard zurück. „Wenn du Hunger hast, dann mach ich dir schnell was. Du wirst ja wohl noch eine halbe Stunde warten können …"

„Nein, kann ich nicht", trumpfte Mr Howard auf, „in einer halben Stunde muss ich nämlich weg."

„Na gut, dann mach ich dir eben ein Sandwich! Das ist doch kein Weltuntergang."

„Ein Sandwich kann ich mir auch an der Tankstelle holen", sagte Mr Howard. „Und genau das werde ich jetzt tun."

Alex hörte die Schritte seines Vaters im Flur.

„Also wirklich, Steven! Das ist doch kein Grund …", rief Mrs Howard hinter ihrem Mann her. Aber es war bereits zu spät. Die Haustür knallte zu. Alex' Vater war fort. Alex hörte seine Mutter in der Küche vor sich hin schimpfen, dann donnerte etwas gegen die Wand.

Alex überlegte einen Augenblick, ging in sein Zimmer zurück und griff nach dem Laptop auf seinem Schreibtisch.

„Na, wie war die Party?“, fragte seine Mutter und streckte den Kopf unter der Autohaube hervor, als Alex in der Einfahrt auftauchte.

„Super“, sagte Alex. „Lilly hat sich riesig gefreut.“

„Das ist schön …“ Alex’ Mutter hielt eine Zündkerze in die Höhe und studierte sie sorgfältig. „Und was hat Callum alles angestellt?“

„Gar nichts“, sagte Alex. „Gibt’s eigentlich bald Abendessen?“

„Abendessen?“ Mrs Howard maß gerade etwas an der Zündkerze, aber jetzt blickte sie überrascht auf. „Hast du auf der Party nichts gegessen?“

„Doch, schon“, sagte Alex, „aber Dad hat gesagt, dass du heute Abend ein richtiges Essen kochen willst.“

„Was?“ Seine Mum starrte ihn einen Moment lang verständnislos an, dann weiteten sich ihre Augen. „Ach du liebe Güte! Stimmt, das hab ich versprochen!“ Sie wischte sich die Hände an einem Lappen sauber und streifte den Overall ab. „Ach übrigens, das weißt du ja noch gar nicht, Alex. Dein Dad muss heute Abend nach Nottingham fahren, weil er morgen einen Vortrag auf einer Konferenz hält. Ich dachte, ein schönes, warmes Abendessen heitert ihn vielleicht auf.“

Es wurde ein sehr schönes Abendessen. Mrs Howard kochte Spaghetti und Mr Howard erklärte Alex beim Essen, dass er in Nottingham nützliche Geschäftskontakte knüpfen wollte. Mrs Howard erzählte, dass sie endlich das Zündeinstellungsproblem an ihrem Triumph gelöst hatte, und Alex schilderte seinen Eltern Lillys Willkommensparty mit den hundert Luftballons im Garten.

Hinterher ging Alex mit seinem Dad hinaus, um ihm Tschüss zu sagen. Mr Howard trug ihm auf, sich um seine Mum zu kümmern, bis er am Dienstag zurückkommen würde. „Sie ist gerade ziemlich im Stress wegen ihrer Vorstellungsgespräche und Bewerbungen“, erklärte er ihm.

Alex’ Mutter arbeitete zurzeit als Aushilfe in einer Autowerkstatt, aber sie hatte in den letzten Jahren eine Ausbildung zur Buchhalterin gemacht und war jetzt auf Jobsuche.

„Du passt auf sie auf, ja?“, sagte Mr Howard.

Und Alex gab ihm sein Ehrenwort.

Als sein Vater fort war, setzte sich Alex mit seinem Laptop im Garten in die Abendsonne. Er war sehr stolz auf sich. Nichts konnte ihm die Laune verderben. Nicht einmal das Geschrei von Mr Kowalski nebenan, der eine fremde Katze aus seinem Garten verscheuchte.

Er klappte seinen Laptop auf. Während der Computer hochfuhr, überlegte er, was genau er schreiben wollte.

Sein Patenonkel war nicht leicht zu erreichen. Er hatte eine Adresse irgendwo in Australien und eine Telefonnummer mit Anrufbeantworter, aber es konnte Wochen dauern, bis eine Antwort kam, wenn man ihm schrieb oder eine Nachricht hinterließ. Mr Howard sagte immer, der Lebensstil von Onkel John sei genauso ungewöhnlich wie die Geschenke, die er schickte. Er war die meiste Zeit auf Reisen. Manchmal besuchte er zwischendurch auch die Howards, aber das war schon lange nicht mehr vorgekommen. Alex hatte seinen Patenonkel mit fünf Jahren das letzte Mal gesehen.

Aber jetzt wollte er ihm eine E-Mail schicken. Er nahm den Computer auf den Schoß, öffnete die Mail von seinem Patenonkel und drückte auf *Antwort.* Dann schrieb er:

Lieber Onkel John,
danke für das Geburtstagsgeschenk, das du mir geschickt hast. Es ist supertoll und ich hatte schon ganz viel Spaß damit. Wenn etwas Schlimmes passiert, kann ich die Zeit einfach zurückstellen und es ändern. Cool, echt!

Er beschrieb, was passiert war, als er das Paket bekommen hatte, und wie er den Computer bei Callum eingesetzt hatte. Von dem Streit zwischen seinen Eltern erzählte er allerdings nichts. Stattdessen fügte er hinzu:

Ich habe noch ein paar Fragen an dich: Woher hast du den Laptop? Wie wurde er gemacht und wie funktioniert er? Was ist mit den Zeiten, die es gar nicht mehr gibt, weil ich zurückgegangen bin und sie verändert habe? Und wenn ich der Einzige bin, der sich daran erinnert, hat es sie dann je gegeben?
Es ist wirklich das tollste Geschenk, das ich je bekommen habe.

Viele Grüße
Alex

Als er fertig war, drückte er auf „Senden“ und lehnte sich zurück. Dann saß er da und starrte zum Himmel hinauf. Die Sonne war untergegangen und die ersten bleichen Sterne traten hervor, aber Alex bemerkte sie nicht.

Er war weit weg mit seinen Gedanken und grübelte darüber nach, was er morgen mit seinem Laptop alles anstellen würde.

Kapitel 4

Als Alex am nächsten Morgen erwachte, ging er sofort an seinen Schreibtisch und schaltete den Laptop ein. Er stellte die Zeit zwei Minuten zurück und drückte Strg und Z. Im nächsten Moment lag er wieder im Bett und schaute zur Decke hinauf.

Eine Weile blieb er zufrieden liegen. Der Laptop war also kein Traum gewesen. Er konnte damit wirklich die Zeit zurückstellen. Gestern Abend waren ihm noch zwei Dinge eingefallen, die er auf jeden Fall mit seinem Zaubergerät ausprobieren wollte.

Das Erste war ganz einfach. Er wollte sich in den Nachbargarten stehlen und den Kricketball zurückholen, den er vor zwei Tagen über den Zaun geschossen hatte.

Im letzten Monat waren ihm auf diese Weise drei Tennisbälle und ein Frisbee abhandengekommen, denn Alex traute sich nicht, die Bälle von dem alten Mann nebenan zurückzuverlangen. Mr Kowalski von Nummer 16 war kein angenehmer Nachbar. Er lebte allein und wurde fuchsteufelswild, wenn Hunde, Katzen oder Kinder in seinen Garten kamen. Er hatte seinen Gartenzaun sogar mit Stacheldraht gespickt, um das zu verhindern. Für Alex war Nummer 16 jedenfalls längst tabu. Wenn er versehentlich einen Ball hinüberkickte, vergaß er ihn und kaufte sich einen neuen.

Aber mit dem Laptop war das natürlich etwas anderes. Jetzt musste er nicht mehr wie ein Dieb in Mr Kowalskis Garten schleichen, zitternd vor Angst, dass der alte Mann jeden Moment hervorstürzen und ihn schnappen würde.

Nein, jetzt konnte er frech hineinspazieren, weil er sich notfalls mit einem Tastendruck aus der Klemme befreien konnte. Mit dem Laptop auf dem Arm konnte es ihm egal sein, ob Mr Kowalski ihn erwischte oder nicht. Er musste nur zwei Tasten drücken, und schwupp! wäre er wieder in seinem Zimmer und konnte sich überlegen, ob er es noch mal riskieren wollte oder nicht.

Eine Stunde später schlenderte Alex siegesgewiss um Mr Kowalskis Haus herum und geradewegs in seinen Garten. Den Laptop balancierte er auf einem Arm, die Zeit hatte er schon richtig eingestellt.

Mr Kowalski war zu Hause, aber wie immer waren alle Fenster verrammelt und die Vorhänge zugezogen. Der alte Mann konnte also nicht wissen, dass Alex da war.

Alex suchte den Garten gründlich ab – zweimal sogar –, aber den Kricketball fand er nicht. Er schaute im Gemüsebeet nach, ging die Blumenrabatten entlang und prüfte jeden Zentimeter Rasen. Aber von dem Ball war weit und breit nichts zu sehen, geschweige denn von dem Frisbee und den Tennisbällen. Enttäuscht nahm er sich noch einmal die Blumenbeete vor, nur für alle Fälle. Er wollte gerade wieder gehen, als plötzlich …

„Weg da! Du bist böser, böser Junge! Geh sofort da weg!"

Mr Kowalskis Stimme kam so unerwartet, dass Alex vor Schreck den Laptop fallen ließ. Der Computer landete zu seinen Füßen im Gras. Als Alex sich danach bückte, wurden ihm zwei Dinge bewusst. Erstens schrie Mr Kowalski mit seinem starken polnischen Akzent nicht ihn an, sondern einen kleinen weißen Hund, der am Gemüsebeet herumgeschnüffelt hatte und jetzt um sein Leben rannte. Und zweitens hatte Mr Kowalski ein Gewehr.

„Geh weg da, Hund, oder ich schieße!“, schrie Mr Kowalski, richtete das Gewehr auf den Hund, der in heller Panik durch den Garten raste, und drückte zweimal ab. Das scharfe Ping!, mit dem die Kugeln vom Zaun abprallten, verriet Alex, dass es nur ein Luftgewehr war. Aber die Erleichterung währte nicht lange, denn jetzt drehte Mr Kowalski sich um und entdeckte ihn.

„Alex?“, fragte er scharf. „Was machst du da? Was hast du zu suchen in meinem Garten?“

„I-ich …“ Alex betete, dass der Computer den Sturz überlebt hatte. Er hob die Hand, drückte Strg und Z – und fand sich unversehrt in seinem Schlafzimmer wieder. Trotzdem hämmerte sein Herz wie verrückt in seiner Brust.

Die erste Idee war also ein Flop gewesen. Aber das machte nichts. Die zweite war sowieso viel spannender. Alex sagte seiner Mutter Bescheid, dass er bei Callum sei, und ging zu den Bannisters hinüber.

Aber Callum war nicht zu Hause. Alex läutete mehrmals vergeblich. Schließlich kam Mrs Penrose von nebenan und erzählte, dass die Bannisters weggefahren waren. Alex fragte, wann sie zurückkommen würden. Mrs Penrose wusste sonst immer alles über ihre Nachbarn, doch diesmal konnte sie ihm leider nicht weiterhelfen.

„Ich hätte sie ja gefragt“, seufzte sie, „aber ich war gerade ein bisschen durch den Wind. Wegen Jennings.“

„Jennings?“

„Ja, das ist mein Hund“, erklärte Mrs Penrose. „So ein kleiner weißer … Du hast ihn nicht zufällig irgendwo gesehen?“

Alex überlegte einen Augenblick, ob er ihr sagen sollte, dass er den Hund in Mr Kowalskis Garten gesehen hatte, aber er hielt lieber den Mund. Mrs Penrose hatte in diesem Jahr schon einen Hund verloren, und wenn der neue jetzt auch tot war, wollte er nicht der Überbringer der schlechten Nachricht sein.

Alex läutete in den nächsten paar Stunden noch zweimal bei Callum, aber sein Freund war immer noch nicht zurück.

Am Ende musste er mit seiner Mutter allein zum Schulfest gehen, und das war ein Jammer, denn genau dort wollte er seine zweite Idee in die Tat umsetzen.

Das Schulfest fand jedes Jahr Mitte Mai auf dem Sportplatz statt, und Alex und Callum gingen sonst immer zusammen hin. Diesmal war das Fest schon fast vorbei und Mr Eccles, der Direktor, hatte bereits die Preise für die große Tombola verteilt, als Callum endlich auftauchte. Alex’ Freund hatte eine Halskrause um und konnte nur in heiserem Flüsterton sprechen.

„Er kann froh sein, dass er noch lebt“, seufzte Mrs Bannister. „Er hat sich heute Morgen fast erwürgt.“

„Was?“, rief Alex. „Erwürgt? Wie denn das?“

„Ich hatte einen Unfall“, wisperte Callum mit rauer Stimme. „Mit Dads Papierschredder.“

Alex schüttelte ungläubig den Kopf. Wie konnte man sich mit einem Papierschredder erwürgen? Aber *wenn* das jemand schaffte, dann Callum: Sein Pyjamaoberteil hatte sich anscheinend im Papiereinzug verfangen und der Stoff war mit solcher Gewalt hineingerissen worden, dass er sich um Callums Hals zugezogen hatte und ihn fast erwürgt hätte. Mr Bannister hatte seinen Sohn gerade noch rechtzeitig gefunden und losgeschnitten.

„Du müsstest mal die blauen Flecken an seinem Hals sehen“, sagte Mrs Bannister. „Und der Arzt meint, dass vier Muskeln gerissen sind. Er muss die Halskrause mindestens einen Monat lang tragen.“ Wieder seufzte sie. „Wir haben geschlagene sechs Stunden in der Notaufnahme gewartet, bis er verarztet war. Deshalb sind wir so spät dran.“

„Warum hast du mich nicht angerufen?“, fragte Alex, als Mrs Bannister zum Teezelt gegangen war. „Dann hätte ich das für dich in Ordnung gebracht.“

„Wieso? Wie meinst du das?“, krächzte Callum.

Alex seufzte. „Das hab ich dir doch gestern schon erklärt“, sagte er geduldig. „Falls irgendwas passiert, falls du mal wieder einen Unfall hast, musst du’s mir nur sagen, dann gehe ich in der Zeit zurück und sorge dafür, dass es nicht geschieht. Hast du mir nicht zugehört oder was?“

„Ehrlich?" Callum runzelte angestrengt die Stirn. „Das hast du gesagt? Wann denn?"

„Gestern. Ich hab's dir gesagt, gleich nachdem …" Alex verstummte. Er hatte sagen wollen: *Gleich nachdem du dich auf Lillys Geschenk gesetzt hast*, aber das war natürlich Quatsch. Er hatte ja den Laptop eingesetzt und alles verhindert, sodass Callum sich nicht erinnern konnte.

„Aber du weißt doch noch, was ich dir über den Laptop erzählt habe?"

„Ja, klar …" Callum warf ihm einen leicht verlegenen Blick zu. „Natürlich erinnere ich mich, aber …"

„Okay!" Alex hielt seine Hand hoch. „Wir reden später noch mal drüber. Alles schön der Reihe nach. Wann ist der Unfall passiert?"

„Heute Morgen."

„Nein, nein, ich brauche die genaue Uhrzeit", sagte Alex. „Wie spät war es?"

Callum überlegte einen Augenblick, dann sagte er, dass es ungefähr Viertel nach neun gewesen sein müsse.

„Viertel nach neun? Bist du sicher?"

„Ich glaub schon. Was … Wo willst du hin?"

Alex war schon aufgesprungen. „Nach Hause", sagte er. „Und dann drehe ich die Zeit zurück und sorge dafür, dass du keine Dummheiten mehr mit dem Papierschredder machst."

Vorsichtshalber stellte Alex die Uhr in seinem Laptop auf neun. Im nächsten Moment war es wieder Morgen. Wenige Minuten später klingelte er bei den Bannisters. Callum kam im Schlafanzug heraus.

„Ich wollte dich nur warnen, dass du vorsichtig mit dem Schredder umgehen sollst“, sagte Alex.

Callum starrte ihn verständnislos an. „Was?“

„Du sollst aufpassen, wenn du den Schredder benutzt“, wiederholte Alex, „sonst verfängt sich dein Schlafanzugoberteil darin und erwürgt dich.“

„Warum sollte ich den Schredder benutzen? Das hab ich doch noch nie gemacht“, sagte Callum. „Außerdem hab ich gar nichts zum Schreddern.“

Im selben Moment kam Mr Bannister mit einem Stapel Papier aus dem Esszimmer und drückte ihn Callum in die Hand.

„Kannst du das bitte für mich in den Schredder geben, Callum?“, bat er. „Ich hab noch ein paar Anrufe zu erledigen und in fünf Minuten muss ich aus dem Haus.“ Er winkte Alex fröhlich zu und verschwand in der Küche.

Callum starrte auf das Papier in seiner Hand, dann schaute er Alex an.

„Wie … woher wusstest du, dass …“

Alex seufzte. Wie oft musste er es Callum noch erklären, bis er es endlich kapierte?

„Gib einfach das Papier in den Schredder“, sagte er, „dann sage ich es dir.“

Während Callum das Papier schredderte, erzählte Alex ihm, dass der Tag eigentlich schon vorbei war und was er gemacht hatte: die vergebliche Ballsuche in Mr Kowalskis

Garten, das Schulfest und Callums Auftritt mit Halskrause. Und wie er, Alex, schließlich mit dem Laptop die Zeit zurückgestellt hatte, um den Unfall zu verhindern.

Callum saß nur da und nickte langsam.

„Also jetzt weißt du Bescheid", sagte Alex abschließend, „wenn dir in Zukunft was passiert, musst du es mir sofort sagen. Okay?"

„Weil du dann zurückgehen und verhindern kannst, dass es geschieht?", fragte Callum.

„Genau", sagte Alex. Er setzte sich neben seinen Freund. „Und jetzt sag ich dir, was heute Nachmittag passieren wird ..."

Nachmittags beim Schulfest konnte Alex endlich seine zweite Idee in die Tat umsetzen.

Er startete die Aktion an dem kleinen Tisch in der Nähe des Eingangs, wo seine Lehrerin, Miss Simpson, ein großes Glas Smarties bewachte. Wer erraten konnte, wie viele Smarties in dem Glas waren, durfte das ganze Glas mit nach Hause nehmen.

Alex zog einen Zettel aus der Tasche und schaute darauf. „Sechstausenddreihundertneunundvierzig", sagte er.

„Bist du sicher?", fragte Callum.

„Ja, hundertprozentig", erwiderte Alex zuversichtlich. „Ich hab doch alles schon mal erlebt."

Alex hatte zugeschaut, wie die Smarties ausgezählt worden waren, und sich die Zahl sorgfältig notiert. Auch den genauen Ort, an dem die 20-Pfund-Note bei der Schnitzeljagd versteckt war, hatte er sich aufgeschrieben, ebenso wie die Zahlenkombination des Schlosses an der Champagner-Flasche und sämtliche Nummern auf den Gewinnlosen der großen Tombola.

Den Zettel hatte er jetzt natürlich nicht mehr, denn sobald er nach Hause gekommen war und die Zeit zurückgedreht hatte, war der Moment gelöscht worden, in dem er ihn geschrieben hatte. Aber Alex hatte sich die Zahlen genau eingeprägt, direkt bevor er Strg und Z gedrückt hatte, und als er sich morgens um neun in seinem Zimmer wiederfand, hatte er sie schnell hingekritzelt. Und diesen Zettel hielt er jetzt in der Hand.

„Oh, Mann“, sagte Callum aufgeregt, „dann gewinnst du ja alles.“

„Und das ist erst der Anfang“, stimmte Alex zu. „Nächsten Samstag spiele ich im Lotto mit.“

„Im Lotto?“

„Ja, überleg doch mal“, sagte Alex. „Ich muss nur warten, bis die Gewinnnummern verkündet werden, dann gehe ich mit Strg und Z zurück und kaufe das Los. Ich kann gar nicht verlieren!“

Einen Augenblick schwiegen sie beide und dachten daran, welche Möglichkeiten sich dadurch eröffneten.

Callum fand die Idee brillant. Dumm war nur, dass man erst mit sechzehn Jahren ein Lotterielos kaufen durfte.

Während sie noch überlegten, wie sich dieses Hindernis am besten umgehen ließ, verkündete der Lautsprecher, dass gleich die Preisvergabe stattfinden würde.

Alex hatte haargenau erraten, wie viele Smarties im Glas waren, und folglich das ganze Glas gewonnen. Alle johlten Beifall, als Alex nach vorne ging und seinen Preis entgegennahm.

Dann stellte sich heraus, dass Alex auch bei der Schatzsuche richtig gelegen hatte, und wieder klatschten und johlten alle, als er seinen Preis abholte: die 20-Pfund-Note. Bei der Champagnerflasche fiel der Applaus bereits etwas spärlicher aus, und als er auch den ersten Preis bei der großen Tombola, einen Föhn, gewann, klatschte fast niemand mehr.

Spätestens jetzt begriff Alex, dass er einen Fehler gemacht hatte.

„Das kommt nicht gut an bei den Leuten, was?“, sagte Callum, als Alex mit dem Föhn zurückkam. „Wenn du alles gewinnst, meine ich.“

Und Alex musste ihm Recht geben. Schon stieg feindseliges Gemurmel aus der Menge auf. Sophie Reynolds aus seiner Klasse behauptete mit lauter Stimme, dass er garantiert gemogelt habe. Alex wusste nicht, wie er sich dagegen wehren sollte. Ob er sich ins Teezelt zu seiner Mutter und zu Mrs Bannister verkrümeln sollte? Oder seine Lose wegwerfen und so tun, als hätte er nie welche gekauft? Oder war es vielleicht am besten, wenn er sich still und heimlich aus dem Staub machte …

Bevor er sich entschieden hatte, trat Mr Eccles in Aktion. Er schüttelte die Schachtel mit den Losen energisch durch und ließ ein kleines Mädchen aus der vordersten

Reihe ein Los ziehen. Der Geschenkkorb mit den leckeren Esssachen ging an Los Nummer 576.

„Das ist die falsche Nummer!“ Callum blätterte die Lose durch, die sie gekauft hatten, und schaute auf Alex’ Liste. „Der Gewinner müsste Los Nummer 337 haben.“

Alex begriff sofort, was passiert war.

Die Nummer war eine andere, weil Mr Eccles sich diesmal anders verhalten hatte. Bei der ersten Preisvergabe, daran erinnerte Alex sich genau, hatte Mr Eccles alle Nummern selbst herausgesucht. Er hatte die Schachtel nicht besonders kräftig geschüttelt und auch nicht das Mädchen aus der vordersten Reihe das Los ziehen lassen. Und weil er es diesmal anders gemacht hatte, waren natürlich auch die Losnummern, die aus der Schachtel gezogen wurden, andere.

Alex war insgeheim froh darüber. Wenn er schon wieder gewonnen hätte, wären die Leute wahrscheinlich wütend geworden.

Alles in allem war es ein enttäuschender Nachmittag. Zu allem Übel ließ Alex auf dem Heimweg auch noch das Glas mit den Smarties in den Gully fallen. Zwei Minuten später merkte er, dass ihm die 20-Pfund-Note aus der Tasche gefallen war, weil diese ein Loch hatte. Und nachdem er den Föhn seiner Mutter und die Champagnerflasche Mrs Bannister gegeben hatte, stand er mit leeren Händen da.

„Mach dir nichts draus“, tröstete Callum ihn und legte ihm eine Hand auf die Schulter. „Du kannst doch am Samstag Lotto spielen.“

Aber das war ein Irrtum. Zu Hause wartete schon eine E-Mail von seinem Patenonkel auf Alex.

Lieber Alex,
vielen Dank für deine Mail – schön, dass du so viel Spaß mit dem Laptop hast. Ich bin beeindruckt, dass du ihn als Erstes dazu benutzt hast, deinem Freund aus der Klemme zu helfen – nett von dir, wirklich! –, aber du wirst sicher bald herausfinden, dass er dir noch viele andere tolle Möglichkeiten eröffnet!
Vor einem hätte ich dich allerdings warnen sollen: Möglicherweise hast du schon mit dem Gedanken gespielt, den Laptop für Gewinnspiele einzusetzen. Vielleicht träumst du davon, beim Pferderennen zu wetten, an der Börse zu spekulieren oder im Lotto zu gewinnen, aber leider wirst du von dem Ergebnis bitter enttäuscht sein. Der Computer lässt nämlich nicht zu, dass du das Universalgesetz des ehrlichen Gewinns außer Kraft setzt. Falls du es versuchst, wirst du nie die erwartete Belohnung erhalten. Mein Rat ist daher: Lass die Finger davon.
Wenn du dagegen deinen Kopf ein bisschen anstrengst, werden dir mindestens siebenundzwanzig völlig faire Methoden einfallen, wie du mit dem Laptop Geld verdienen kannst. Und mit jeder davon wirst du weitaus bessere Ergebnisse erzielen.
Ich wünsche dir also weiterhin viel Spaß, mach viele Fehler und schreib mir wieder, wenn es etwas zu berichten gibt!

Viele liebe Grüße
von deinem Patenonkel
John Presley

PS: Du fragst mich, woher ich den Laptop habe? Meine Antwort: Ich habe ihn selbst ausgetüftelt. Wie ich das gemacht habe und wie er funktioniert, ist eine andere Geschichte und im Augenblick noch zu kompliziert für dich. Ich fürchte, du wirst dich gedulden müssen, bis du dir das erforderliche Grundwissen in der Quantenphysik angeeignet hast. Bis dahin würde ich mich an deiner Stelle einfach zurücklehnen und mir ein schönes Leben mit dem Laptop machen!

Nachdem Alex diesen Brief gelesen hatte, starrte er nachdenklich auf den Computerbildschirm. Von einem „Universalgesetz des ehrlichen Gewinns“ hatte er noch nie gehört, aber das erklärte vielleicht, warum er das Smarties-Glas in den Gully fallen gelassen und die 20-Pfund-Note aus der Jeanstasche verloren hatte. Solche Missgeschicke passierten sonst nur Callum und nicht ihm. Wenn sein Onkel Recht hatte, konnte er den Lotto-Jackpot vergessen. Wirklich schade.

Andererseits schrieb sein Patenonkel, dass es siebenundzwanzig andere Arten gab, mit dem Laptop Geld zu verdienen. Das war immerhin ein Trost. Und Alex zerbrach sich den Kopf, welche das sein könnten.

Kapitel 5

Siebenundzwanzig?“, fragte Callum am nächsten Morgen auf dem Schulweg. „Im Ernst? Siebenundzwanzig Arten, Geld zu verdienen?“

„Mindestens siebenundzwanzig“, trumpfte Alex auf. „Jedenfalls stand das in seiner E-Mail.“

Callum runzelte die Stirn. „Und was zum Beispiel?“

Alex musste zugeben, dass er darauf keine Antwort wusste. Er hatte gestern Abend im Bett über eine Stunde lang wach gelegen und darüber nachgedacht, wie er mit dem Laptop Geld machen könnte. Ihm war nichts eingefallen. Und Callum konnte ihm auch nicht auf die Sprünge helfen.

„Tut mir leid“, sagte Callum, nachdem er ein paar Minuten gegrübelt hatte. „Ich habe keinen blassen Schimmer.“

Im Grunde genommen war es auch nicht so wichtig. Sie hatten jede Menge Zeit und unterdessen konnten sie den Computer in der Schule einsetzen. Alex wusste auch schon, wie.

„Ich werde den Laptop heute im Test verwenden“, erklärte er seinem Freund.

Jeden Montagmorgen prüfte Miss Simpson das Allgemeinwissen ihrer Klasse. In dem Test wurde abgefragt, was am Wochenende in den Nachrichten gekommen war oder in der Zeitung gestanden hatte. Wer die meisten Punkte bekam, durfte sich eine Süßigkeit aus dem Naschglas nehmen. Meistens gewann Sophie Reynolds, die immer alles wusste. Alex und Callum schnitten normalerweise beide nicht besonders gut ab.

„Aber wenn ich mir die Antworten einpräge", erklärte Alex, „und den Test noch mal mache, müsste ich doch die volle Punktzahl kriegen, oder?"

„Ja ...", stimmte Callum vorsichtig zu, „aber du hast doch deinen Laptop nicht dabei, oder?"

Alex trug nur seine Schultasche über der Schulter und darin war kein Platz für den Laptop.

Er hatte kurz mit dem Gedanken gespielt, den Computer in die Schule mitzunehmen, aber das war zu riskant, weil dort nichts Batteriebetriebenes erlaubt war. Und was hatte er davon, wenn Mr Eccles ihn erwischte und ihm das Gerät wegnahm?

„Es macht keinen großen Unterschied", erklärte er Callum. „Ich muss ja nur warten, bis ich zu Hause bin, dann kann ich zu jeder x-beliebigen Tageszeit zurückgehen."

„Ja, schon", wandte Callum ein, „aber dann musst du alle Stunden noch mal absitzen. Sogar Erdkunde."

Das war ein schwerwiegendes Gegenargument. Erdkunde war schon beim ersten Mal todlangweilig. Zweimal nahm das niemand in Kauf, wenn er nicht einen guten Grund dafür hatte. Und ein Gratis-Riegel aus dem Naschglas war definitiv nicht gut genug.

„Okay", sagte Alex. „Vielleicht spare ich mir die Idee mit dem Test für später auf."

Aber dann passierte Callum wieder etwas.

Beim Schulfest hatte Callum einen Topf Spachtelmasse namens „Roller Putty" gekauft. Es war ein komisches Zeug, das ein bisschen klebte. Aber man konnte einen Ball daraus kneten, der super an den Wänden und am Boden abprallte. Bevor der Unterricht anfing, führte Callum Alex seine Neuerwerbung im Jungenklo vor und schleuderte den Ball auf den Boden. Der Ball sprang an die Decke über den Kloschüsseln – und blieb dort kleben.

Callum stieg auf die Kloschüssel, um den Ball von der Decke zu pflücken. Dabei rutschte er aus. Sein rechter Fuß landete in der Kloschüssel und blieb stecken. Callum zog und drehte wie verrückt. Aber er konnte machen, was er wollte: Der Fuß klemmte im Abfluss fest.

„Keine Panik“, sagte Alex. „Ich hole Mr Boney.“

Mr Boney war der Hausmeister der Schule. Während Callum auf Rettung wartete, versuchte er weiterhin verzweifelt, seinen Fuß freizubekommen. Mit aller Kraft hängte er sich an den Spülkasten an der Wand über der Toilette. Das war ein Fehler. Callum zog und zog, und plötzlich kam der ganze Spülkasten von der Wand herunter.

Auf einmal war alles voll Wasser. Wasser aus dem Spülkasten, das sich über Callums Vorderseite ergoss, und Wasser aus der Kloschüssel, das auf Callums Hosenbein spritzte. Und schließlich die Wassermassen, die aus dem gebrochenen Rohr an der Wand auf ihn herabstürzten.

Der Hausmeister brauchte fünfzehn Minuten, um das Wasser abzudrehen und Callums Fuß aus der Kloschüssel zu befreien. Bis dahin stand die ganze Toilette unter Wasser. Als Callum wieder frei war, musste er zum Direktor, der ihm einen Vortrag über die Kosten hielt, die er durch die Beschädigung des Schuleigentums verursacht hatte.

Danach musste Callum ins Sekretariat und sich trockene Sachen holen.

Im Schulsekretariat lagen immer Kleidungsstücke bereit, die sich die Schüler notfalls ausleihen konnten. Das meiste war allerdings für kleinere Kinder bestimmt, und die Sekretärin konnte Callum nur eine zu enge Turnhose und eine Mädchenbluse anbieten. Callum schämte sich halb tot und das nach allem, was er an diesem Tag bereits durchgemacht hatte.

„Du lieber Himmel, Callum!“, rief Miss Simpson, als er endlich in die Klasse kam. „Was ist denn mit dir passiert?“

„Er hatte einen Unfall im Jungenklo, Miss Simpson“, sagte Sophie Reynolds.

„Oh ... na ja, mach dir nichts draus.“ Miss Simpson tätschelte mitfühlend Callums Schulter. „Das passiert vielen Kindern, aber es wächst sich aus, glaub mir.“

Callum wollte das Missverständnis aufklären und ihr sagen, dass es nicht *so* ein Unfall gewesen war, aber Miss Simpson hatte sich bereits wieder der Klasse zugewandt und forderte alle auf, Papier und Füllhalter für den Allgemeinbildungstest hervorzuholen.

Callum und Alex schnitten noch schlechter ab als sonst. Alex hatte nur eine einzige der zwanzig Fragen richtig beantwortet. Und Callum gar keine. Die Süßigkeit aus dem Naschglas ging wieder einmal an Sophie Reynolds.

In der Pause saßen die beiden Jungen ziemlich niedergeschlagen auf einer Bank im Pausenhof.

Zu allem Überfluss hatte Alex auch noch vergessen,

seine Butterbrotdose einzupacken, und Callum hatte erfahren, dass Sophie Reynolds mit ihrem Handy ein Video davon gemacht hatte, wie er mit dem Fuß in der Kloschüssel steckte. Am Abend wollte sie es ins Internet stellen. Callum hatte sie angefleht, das nicht zu tun, aber Sophie ließ sich nicht erweichen. Wenn sie ihn mögen würde, hatte sie erklärt, würde sie es sich vielleicht überlegen, aber so nicht.

„Reg dich nicht auf", beschwichtigte Alex ihn. „Sobald ich zu Hause bin, mach ich alles wieder rückgängig."

„Ja", sagte Callum kleinlaut. „Das wäre gut." Aber er klang nicht besonders zuversichtlich.

„Du brauchst dir echt keine Sorgen zu machen."

„Nein."

„Wir müssen nur abwarten, das ist alles."

Callum nickte zerknirscht. Wie sollte er bloß den restlichen Tag überstehen, selbst wenn Alex am Ende wirklich alles in Ordnung bringen konnte?

Aber es kam ganz anders. Als Alex nach der Pause in die Klasse zurückging, hatte er plötzlich die zündende Idee: Er musste gar nicht bis zum Abend warten, um den Laptop einzusetzen. Er konnte gleich jetzt nach Hause gehen, ohne Ärger mit den Lehrern zu bekommen, weil er unerlaubt die Schule verließ. Sobald er die Zeit zurückgestellt hatte, würde sich niemand daran erinnern, was er getan hatte. Oder vielmehr *nicht* getan hatte. Das war ja der springende Punkt. Die Ereignisse von heute Morgen hätte es dann nie gegeben.

Statt also in den Unterricht zurückzugehen, spazierte Alex durch den Flur in Richtung Ausgang ... und legte eine Vollbremsung ein. Die Tür des Materialschranks vor der Bibliothek stand offen und der Inhalt des Schranks brachte Alex auf eine neue Idee.

Behutsam nahm er einen Eimer Tapetenkleister heraus, das Klebzeug, mit dem die Erstklässler Pappmascheemasken bastelten. Er hatte noch ein Hühnchen mit einer gewissen Person zu rupfen, bevor er nach Hause ging ...

Der Unterricht hatte bereits begonnen. Miss Simpson zeigte Bilder von einer brasilianischen Farm auf der weißen Tafel. Deshalb bemerkte sie nicht, dass Alex schnurstracks zu Sophie Reynolds am Fenster ging und ihr den Tapetenkleister über den Kopf kippte. Sophie kreischte, die Klasse schnappte nach Luft, und als Miss Simpson sich endlich umdrehte, verschlug es ihr im ersten Moment die Sprache.

Ein paar Sekunden lang saß die Klasse schweigend da und starrte Alex an. Das einzige Geräusch war das Pladdern des Tapetenkleisters, der über Sophies Gesicht auf den Boden hinuntertropfte.

„Ich hab das gemacht, weil ich Sophie nicht leiden kann", verkündete Alex in die Stille hinein. „Gestern hat sie behauptet, ich hätte gemogelt, weil ich einen Preis beim Schulfest gewonnen habe, und heute Morgen hat sie Callum gefilmt, als er mit einem Bein in der Kloschüssel feststeckte, und sie hat gesagt, dass sie das Video heute Abend ins Internet stellen wolle. Sie hat es verdient, dass ihr auch mal was Schlimmes passiert."

„Alex Howard!" Miss Simpson fand endlich die Sprache wieder. „Bist du jetzt vollkommen übergeschnappt?"

„Ist schon gut", sagte Alex. „Kein Grund zur Aufregung." Und lächelnd fügte er hinzu: „Ich nehme an, Sie schicken mich jetzt zu Mr Eccles." Alex wunderte sich selbst, wie cool er blieb. „Dann geh ich mal, okay?"

Damit verließ er das Klassenzimmer und lief den Flur entlang zum Zimmer des Direktors. Aber er ging nicht hinein, sondern marschierte schnurstracks zur Schulsekretärin und klopfte an die Scheibe.

„Mr Eccles lässt fragen, ob er einen Becher heißes Wasser haben kann", sagte er.

„Einen Becher heißes Wasser?" Die Sekretärin schaute ihn verwirrt an. „Wozu denn das?"

Alex zuckte mit den Schultern. „Keine Ahnung. Er hat nur gesagt, Sie möchten ihm bitte einen Becher heißes Wasser bringen."

Seufzend stand die Sekretärin auf und verschwand in Richtung Küche. Sobald sie außer Sicht war, drückte Alex auf den Sicherheitsknopf, der die Eingangstür aufspringen ließ, und spazierte hinaus. Der Weg zur Straße hinunter war von Büschen gesäumt, sodass ihn niemand sehen konnte, während er durch das Schultor ging und den Heimweg einschlug.

Er hatte seine Schultasche nicht bei sich – die war noch im Klassenzimmer –, aber das machte nichts, denn sobald er die Zeit zurückdrehte, würde die Tasche wieder bei ihm zu Hause sein. Um solchen Kleinkram brauchte er sich von jetzt an nicht mehr zu kümmern. Als ihm warm wurde, zog er sein Sweatshirt aus und hängte es einfach über irgendein Geländer. Wozu sollte er es mitschleppen? Auch das spielte keine Rolle mehr.

Falls ihn jemand auf dem Heimweg anhielt und wissen wollte, warum er nicht in der Schule war, hatte Alex sich eine Geschichte zurechtgelegt. Er sei wegen Verdachts auf Masern nach Hause geschickt worden, würde er sagen. Aber kein Mensch kümmerte sich um ihn. Niemand drehte sich nach ihm um.

Fünfzehn Minuten später stand er vor seinem Haus und holte den Ersatzschlüssel unter dem losen Pflasterstein in der Einfahrt hervor, um die Haustür zu öffnen.

Nur Mr Kowalski bemerkte Alex, weil er gerade in seinem Garten werkelte und Geranien anpflanzte. Er trug seine übliche graue Wollweste mit den löchrigen Ellbogen und sein Kinn war voller Bartstoppeln.

„He, Alex!“, rief er. „Warum du bist nicht in Schule?“

Aber Alex gab keine Antwort. Er lächelte nur, winkte und ging hinein.

Das Haus war leer. Seine Eltern waren beide bei der Arbeit.

Alex holte sich als Erstes etwas zu trinken aus dem Kühlschrank und einen Schokoriegel aus der Naschdose in der Küche. Normalerweise musste er erst seine Eltern fragen, ob er etwas nehmen durfte. Heute war es ganz egal, weil er es sowieso bald ungeschehen machen würde, so wie alles andere an diesem Vormittag.

Er schmiss sich vor den Fernseher, trank sein Glas leer und verdrückte den Schokoriegel. Dann ging er in sein Zimmer. Dort setzte er sich an den Schreibtisch, öffnete den Laptop, stellte die Zeit auf fünfundzwanzig nach acht und drückte Strg und Z.

Einen Augenblick später ging er mit Callum die Einfahrt hinunter.

„Siebenundzwanzig?", fragte Callum. „Siebenundzwanzig verschiedene Methoden, Geld zu verdienen?"

„Mindestens siebenundzwanzig", verbesserte Alex, „und bevor du mich fragst, welche das sein sollen, muss ich schnell zurück und meine Butterbrotdose holen, und pass auf, wenn du deinen Fensterkitt-Ball herumwirfst und …"

Beim zweiten Mal verlief der Vormittag viel angenehmer. Auf dem Schulweg ging Alex mit Callum die Fragen durch, die Miss Simpson in dem Test gestellt hatte, soweit er sich daran erinnerte. Beide Jungen schnitten erstaunlich gut ab. Sophie Reynolds wurde diesmal lediglich Dritte und konnte ihre Enttäuschung nur schwer verbergen, auch wenn sie die Coole spielte.

Für seine Mitschüler war es ein ganz normaler Tag, aber Alex konnte kaum glauben, wie anders jetzt alles ablief. Er dachte daran, wie er den Kleister über Sophie Reynolds' Kopf ausgekippt hatte und wie cool er geblieben war, als er zum Direktor musste. Und wie er dann am hellen Vormittag aus der Schule spaziert war und alle Sorgen hinter sich gelassen hatte, so wie das Sweatshirt, das er einfach über irgendein Geländer gehängt hatte.

Allmählich begriff er, dass er mit dem Laptop alles machen konnte. Einfach alles. Was immer er wollte, egal wie verrückt, gefährlich oder böse es war – oder wie viel Ärger daraus entstehen würde –, er musste nicht lange überlegen, sondern konnte einfach loslegen.

Und das war ein Gedanke, der ungeahnte Möglichkeiten in sich barg.

Kapitel 6

Du machst *was?*“, fragte Callum.

„Ich leih mir Mums Auto aus und drehe eine Runde damit“, wiederholte Alex.

Er stand mit Callum in der Garage neben Mrs Howards kostbarem TR4. Es war Dienstag, sie waren gerade aus der Schule zurückgekommen und Alex hatte alles genau geplant. Er hatte die Schlüssel von dem Haken an der Hintertür in der Küche genommen. Seine Mutter würde frühestens in einer halben Stunde von der Arbeit nach Hause radeln. Er war startklar.

„Aber das kannst du doch nicht machen!“, rief Callum, dem die Panik ins Gesicht geschrieben stand. „Deine Mum hat jahrelang daran gearbeitet. Wenn was kaputtgeht …“

„Du hast es immer noch nicht kapiert, was?“, sagte Alex. „Es macht nichts, wenn das Auto kaputtgeht. Weil du nur Strg und Z drücken musst, dann ist alles nie passiert.“

„Ich? Wieso ich?“, rief Callum erschrocken. *„Ich* soll die Tasten drücken?“

„Na, ich kann's doch nicht selbst machen, oder?“ Alex reichte ihm den Laptop. „Wenn ich fahre, muss ich beide Hände am Lenkrad haben.“ Er riss die Autotür auf. „Ich hab die Zeit schon eingestellt. Du musst nur noch Strg und Z drücken, wenn ich's dir sage – das ist alles.“

Alex setzte sich ins Auto, stellte den Sitz richtig ein, steckte den Zündschlüssel ins Schloss und drehte ihn um. Der Motor röhrte laut auf. Alex lächelte zufrieden. Jetzt musste er nur noch die Kupplung durchdrücken und den

Rückwärtsgang einlegen. Er hatte schon tausendmal gesehen, wie seine Mum das machte …

„Bitte, Alex!“ Callums angstverzerrtes Gesicht erschien neben ihm. „Mach das nicht! Wenn was passiert …“

„Ach was, da passiert schon nichts“, sagte Alex und scheuchte ihn mit einer Handbewegung weg. „Und du darfst die Tasten erst drücken, wenn ich's dir sage, okay?“

Knirschend legte er den Rückwärtsgang ein. Er nahm den Fuß von der Kupplung und das Auto machte einen Satz nach hinten, viel plötzlicher, als er erwartet hatte. Der Wagen schrammte seitlich an der Garage entlang und der Außenspiegel knallte mit einem scharfen „Ping!“ auf den Boden. Alex holperte die Einfahrt hinunter, zerrte heftig am Lenkrad, riss den Wagen herum und schoss schnurstracks über das Pflaster gegen einen Laternenpfosten. Der Motor ging aus, und als Alex den Zündschlüssel wieder umdrehte, machte er keinen Mucks mehr.

„Okay!“, rief Alex seinem Freund zu, der mit offenem Mund dastand. „Jetzt kannst du die Tasten drücken!“

Alex machte noch sechs weitere Probeläufe und beim letzten Mal hatte er das Gefühl, dass er den Dreh langsam raushatte. Er konnte rückwärts aus der Garage herausfahren, ohne an der Wand entlangzuschrammen und gegen den Laternenpfosten zu knallen. Er schaffte es, den ersten Gang einzulegen, ohne dass der Motor abgewürgt wurde, und kam den ganzen Weg bis zur Straße hinauf. Dort drehte er um, fuhr wieder in seine Einfahrt und ließ den

Wagen in die Garage rollen, bevor er neben dem kreidebleichen Callum anhielt und ihm befahl, die beiden Tasten auf dem Laptop zu drücken.

Im nächsten Moment saß er nicht mehr im Auto, sondern stand neben seinem Freund in der Garage.

„Du machst *was?*“, fragte Callum.

„Ich habe gesagt, dass ich mir Mums Auto ausleihen und eine Runde damit drehen will“, sagte Alex. Doch inzwischen war er genug gefahren. „Nein, lieber doch nicht. Lass uns reingehen und was essen.“

„Na, Gott sei Dank“, seufzte Callum erleichtert. „Deine Mum hat jahrelang an dem Wagen gearbeitet, wenn da was kaputtginge …“

„Jetzt komm schon.“ Alex nahm seinen Freund am Arm. „Wir gehen zu dir nach Hause und dann erzähle ich dir, was gerade passiert ist.“

Als Alex am nächsten Tag von der Schule nach Hause kam, hatte er einen neuen Plan. Er ging schnurstracks ins Wohnzimmer, nahm das hundertzwanzigteilige Speiseservice, das seine Eltern zur Hochzeit bekommen hatten – und das nur für besondere Gäste aufgedeckt wurde –, und trug es in den Garten hinaus. Dann nahm er einen Essteller und schleuderte ihn wie ein Frisbee in den Garten hinunter, so weit er nur konnte. Mit tiefer Genugtuung hörte er, wie der Teller auf den Pflastersteinen vor dem Schuppen zerschepperte.

Zehn Essteller später war auch Callum endlich bereit, an der großen Porzellanschlacht teilzunehmen. Er warf einen Suppenteller, der aber leider über den Zaun in den Nachbargarten zischte, sodass nicht nur der Teller zertrümmert wurde, sondern auch eine der Glasscheiben an Mr Kowalskis Gewächshaus. Das schepperte noch viel schöner und Alex warf mehr Geschirr über den Zaun auf das Gewächshaus.

Fünf Minuten später war jedes einzelne Geschirrteil zertrümmert und fast das gesamte Glashaus. Zufrieden starrte Alex auf den Scherbenhaufen. Nicht einmal Mr Kowalskis unrasiertes Gesicht, das plötzlich über dem Zaun auftauchte, konnte ihn aus der Fassung bringen.

„Alex?“, bellte Mr Kowalski. „Was du gemacht? Was du gemacht mit meinem Gewächshaus?“ Er deutete anklagend mit dem Finger auf Alex. „Du bist böser Junge! Ich sage es deinem Vater! Du bist ein sehr, sehr böser Junge!“

Während Callum erschrocken zum Haus zurückwich, zuckte Alex nicht mit der Wimper. „Ach, regen Sie sich nicht auf, Mr Kowalski“, sagte er lässig. „Bleiben Sie cool.“

Alex selbst war völlig cool. Mit dem Laptop hatte er alles unter Kontrolle, das war ja das Schöne daran. Er brauchte sich keine Gedanken zu machen, was schiefgehen könnte. Und das war noch besser, als eine Runde mit dem Auto seiner Mum zu drehen oder Mr Kowalskis Gewächshaus mit teurem Porzellan einzuschmeißen. Von klein auf war ihm eingetrichtert worden, was er zu tun und zu lassen hatte und wie wichtig es sei, bestimmte Regeln einzuhalten.

Und plötzlich gab es keine Regeln mehr. Alles war erlaubt. Er konnte anstellen, was er wollte. Okay, hinterher musste er zurückgehen und es wieder ungeschehen machen, aber eine Zeit lang war er vollkommen frei. Es war das Beste, was er je erlebt hatte.

In den nächsten Tagen machte Alex lauter Sachen, die ihn normalerweise ganz schön in die Klemme gebracht hätten. Im Supermarkt zerrte er eine Dose Bohnen aus der untersten Reihe einer kunstvoll gestapelten Pyramide. Er ließ einen Fernseher von der obersten Ebene eines mehrstöckigen Parkhauses fallen und zog auf einem Bahn-Kurztrip nach Oxford die Notbremse, sodass der Zug anhalten musste.

Leider war nicht alles ganz so lustig, wie er es sich erhofft hatte. Und die Sache mit dem Feuerlöscher im Einkaufszentrum war wirklich kein Spaß mehr.

Dabei hatte er es sich so witzig vorgestellt. Alles fing ganz harmlos an: Mrs Bannister hatte Alex und Callum am Wochenende in die Stadt mitgenommen und in einem Café im Einkaufszentrum abgesetzt. Dort saßen sie bei Cola und Muffins und warteten darauf, dass Callums Mutter mit dem Medikament für Lilly aus der Apotheke zurückkam.

Der Feuerlöscher hing einladend in einer Ecke. An der Seite war eine Bedienungsanleitung angebracht, in der genau beschrieben wurde, wie er funktionierte. Alex hatte seinen Laptop im Rucksack und war wie elektrisiert von dem Gedanken, den Feuerlöscher zu benutzen.

Callum sollte Schmiere stehen und seine Finger im Anschlag halten, damit er sofort die richtigen Tasten drücken konnte, wenn irgendwo ein Hausmeister oder eine andere Autoritätsperson auftauchte.

So weit, so gut. Doch dann war plötzlich Sophie Reynolds auf sie zugekommen. Alex hatte den Feuerlöscher bereits in der Hand.

„Warum richtest du das Ding nicht auf sie?", sagte Callum. „Das ist viel lustiger, als wenn du das Zeug einfach nur auf dem Boden verspritzt."

Alex war Feuer und Flamme für diese Idee. Sophie Reynolds kam ihm gerade recht: Diese blöde Ziege hatte es nicht anders verdient. Er zog den Hebel am Feuerlöscher. Blendend weißer Schaum schoss aus der Tülle. In Sekundenschnelle war Sophie von Kopf bis Fuß mit Schaum bedeckt. Diesmal kreischte sie nicht wie bei dem Tapetenkleister neulich. Sie stand nur wie angewurzelt da. Dann verzog sie das Gesicht und brach in Tränen aus.

Plötzlich fand Alex die Idee nicht mehr so lustig.

Da tauchte eine Frau im Rollstuhl neben Sophie auf. Seltsamerweise war sie die Einzige von allen Passanten, die überhaupt hinschaute. Aufgeregt nahm sie Sophies Hand.

„Sophie?", fragte sie besorgt. „Sophie, mein Schatz, ist alles in Ordnung? Was ist denn passiert?" Dann wirbelte sie in ihrem Rollstuhl zu Alex herum. Ihre Stimme klang eher betroffen als wütend. „Warum machst du so was?", fragte sie. „Warum, um Himmels willen? Was hat sie dir getan?"

Alex war der Spaß jetzt gründlich vergangen, und die zwei Sekunden, die Callum brauchte, um Strg und Z zu drücken, kamen ihm wie eine Ewigkeit vor.

„Warum richtest du das Ding nicht auf sie?", fragte Callum. „Das ist viel lustiger, als wenn du das ganze Zeug einfach am Boden verspritzt."

„Nein", sagte Alex langsam. „Ich glaube, das ist keine gute Idee."

„Warum nicht?", beharrte Callum. „Wir können die blöde Ziege doch nicht ausstehen! So wie die immer angibt und sich …" Er verstummte, denn plötzlich stand Sophie direkt vor ihnen.

„Hi", sagte sie.

„Hi", grüßte Alex zurück.

„Also … ähm …" Sophie wurde ein bisschen rot. „Ich brauche Hilfe. Für meine Mum." Sie zeigte über die Schulter auf eine Frau im Rollstuhl, die auf sie zukam. „Wir haben ein Problem mit dem Rollstuhl."

„Was für ein Problem?", fragte Alex.

„Wir kommen nicht die Rampe rauf", erklärte Sophie, „weil der Rollstuhl so schwer von den ganzen Einkäufen ist. Ich hab nicht genug Kraft."

„Ja, klar helfen wir dir", sagte Alex und ging auf Sophies Mutter zu. „Wir sind Experten im Rollstuhlfahren. Callums Schwester hat zurzeit auch einen."

„Echt?“ Sophie schaute Callum überrascht an. „Das wusste ich gar nicht. Warum?“

Auf dem Weg zu den Rampen, die ins Parkhaus führten, erklärte Callum, dass seine Schwester eine Knochenmarkentzündung gehabt habe. Und Sophies Mutter erzählte von dem schweren Unfall, bei dem ihr Rückgrat verletzt worden war, sodass sie jetzt querschnittsgelähmt war. Darum musste Sophie viel im Haushalt mithelfen, mehr als Mrs Reynolds lieb war. Ihre Tochter hatte kaum noch Zeit, mit anderen Kindern zu spielen und ihr Leben zu genießen. Mrs Reynolds seufzte. Sie würde alles darum geben, wenn es anders wäre.

Im Parkhaus halfen Alex und Callum, die Einkäufe ins Auto zu laden, und dann schauten sie zu, wie Sophies Mutter von einem ausgeklügelten Mechanismus im Rollstuhl auf den Fahrersitz gehievt wurde.

„Gut, dass du nicht auf mich gehört hast“, sagte Callum, als sie zum Café zurückgingen.

„Wieso? Wobei?“

„Na, als ich dich anstiften wollte, den Feuerlöscher auf Sophie zu richten.“ Callum grinste verlegen.

„Ach so“, sagte Alex.

„Ich meine, stell dir mal vor, du hättest sie vollgespritzt und dann erst gemerkt, dass sie uns eigentlich um Hilfe bitten wollte … also, das wär doch schrecklich gewesen, oder? Richtig schlimm.“

„Ja“, stimmte Alex zu. „Da hast du Recht.“

Für Callum war es sehr schwer, zu begreifen, was der Laptop konnte. Das Problem war, dass er sich an nichts erinnerte. Alex erklärte ihm immer wieder, dass der Laptop die Zeit so zurückdrehte, dass ein bestimmtes Ereignis noch nicht eingetreten war. Aber Callum hatte nie wirklich gesehen, wie Alex den Wagen seiner Mutter aus der Garage herausgefahren oder die Dosenpyramide im Supermarkt umgeworfen hatte – jedenfalls hatte er keine Erinnerung daran.

Alex experimentierte jeden Tag mit dem Computer und im Gegensatz zu Callum erinnerte er sich an alles. Als er zum Beispiel das Porzellanservice in den Garten hinausgetragen und auf dem Plattenweg zerschmettert hatte, wusste Callum nicht mit derselben Gewissheit wie Alex, dass er keine Angst vor den Folgen haben musste. Er musste jedes Mal darauf vertrauen, dass der Laptop tatsächlich die Zeit zurückdrehen konnte und sein Freund nicht total übergeschnappt war.

Trotzdem glaubte Callum an den Zeitcomputer, so schwer es ihm auch fiel. Erstens wusste er, dass Alex keine Lügen erzählte, und zweitens besaß sein Freund neuerdings eine geradezu unheimliche Fähigkeit vorauszusehen, was passieren würde. Aber am meisten überzeugte ihn die Tatsache, dass er keine Unfälle mehr hatte.

Seit Lillys Willkommensparty vor ein paar Wochen, als Alex morgens mit seinem neuen Laptop vorbeigekommen war, war Callum kein einziges Missgeschick widerfahren. Nicht eines. Obwohl Alex behauptete, er habe jede Menge angestellt, und aufzählte, was allein in den letzten beiden Tagen passiert war: ein Unglück mit einem Tacker, eines mit einem elektrischen Messer und ein besonders schlimmes, als sich Callums Haare in einer Lampenfassung verfangen hatten.

Aber Callum erinnerte sich an nichts. Für ihn war es, als sei das alles nie passiert. Zum ersten Mal, seit er denken konnte, führte er ein katastrophenfreies Leben.

Dass Alex' Laptop die Zeit zurückdrehen konnte, ging zwar gegen jede Vernunft, aber Callum hatte keine andere Erklärung. Und deshalb glaubte er jetzt genauso selbstverständlich daran wie Alex.

Wenn Callum jemals wieder etwas Schlimmes passierte, musste er es nur Alex sagen, damit er die Tastenkombination auf seinem Laptop drücken und alles wieder in Ordnung bringen konnte.

Aber seltsamerweise hätte genau das ihrem wunderbaren Abenteuer beinahe ein Ende gesetzt.

Kapitel 7

Am Samstagmorgen, zwei Wochen nachdem Alex den Laptop von seinem Patenonkel bekommen hatte, schickte ihn seine Mum zu der kleinen Ladenmeile am Fahrdamm, um Milch zu holen. Zu Fuß waren es gut fünfzehn Minuten bis dorthin, aber das machte Alex nichts aus. Die Sonne schien und seine Mum hatte ihm erlaubt, sich ein Eis zu kaufen.

Im Laden holte er eine Packung Milch, suchte sich ein Eis aus und brachte alles zur Kasse.

„Zwei Pfund und siebenundzwanzig Pence bitte", sagte Mrs Bellini und nahm die 10-Pfund-Note, die Alex ihr reichte. Dann gab sie ihm das Wechselgeld zurück.

Alex setzte sich vor dem Laden auf eine Bank mit Blick auf den Fluss und schleckte sein Eis. Da passierte es.

Der Fluss und die Straße verschwanden und er stand wieder in Mrs Bellinis Laden.

„Zwei Pfund und siebenundzwanzig Pence", sagte Mrs Bellini.

„Was?" Alex starrte sie verblüfft an.

„Zwei Pfund und siebenundzwanzig Pence", wiederholte Mrs Bellini geduldig. „Für die Milch und das Eis."

Als es zum dritten Mal passierte, ging Alex ein Licht auf. Ein Blick auf die Uhr verriet ihm, dass Mrs Bellini um zehn Uhr das Geld von ihm verlangte. Vier Minuten nach zehn blieb die Zeit stehen und er wurde in den Laden zurückversetzt. Folglich musste jemand um vier nach zehn in sein Zimmer gegangen sein und die Zeit zurückgestellt haben.

Das konnte natürlich nur Callum gewesen sein. Wer käme sonst auf die Idee, den Laptop einzuschalten, die Seite mit der Zeiteinstellung zu öffnen, die Uhr auf zehn zurückzustellen und dann Strg und Z anzutippen? Alex hatte keine Ahnung, warum Callum das getan hatte, aber es war auch egal. Im Augenblick zählte nur eins: Er musste so schnell wie möglich nach Hause zurücklaufen und Callum davon abhalten, die Tasten zu drücken. Sonst saß er für alle Zeiten hier fest und erlebte die Szene in Mrs Bellinis Laden immer wieder.

Alex überlegte scharf: Für den Heimweg brauchte er zehn bis fünfzehn Minuten, je nachdem wie schnell er lief. Wenn er aber rannte wie der Teufel, müsste er rechtzeitig hinkommen können.

Doch das war ein Irrtum.

Beim ersten Versuch schaffte er ungefähr drei Viertel des Heimwegs, ehe er wieder vor Mrs Bellinis Ladentheke landete und ihr zwei Pfund siebenundzwanzig geben musste. Er machte noch drei weitere Anläufe und rannte, so schnell er nur konnte, aber es half nichts. Selbst wenn er die Milch und das Eis wegließ und losstürzte, bevor Mrs Bellini ihm sagen konnte, wie viel er bezahlen musste, und dann auch noch die Abkürzung über die Exeter Street nahm, schaffte er es nicht, rechzeitig zum Oakwood Close zurückzukommen.

„Zwei Pfund und siebenundzwanzig bitte“, sagte Mrs Bellini unbeirrt. Als er ihr seine 10-Pfund-Note zum neunten Mal gab, musste Alex einsehen, dass es keinen Sinn hatte.

Er dachte noch einmal gründlich nach. Er *musste* irgendwie nach Hause kommen, bevor Callum Strg und Z drücken konnte, und wenn er nicht schnell genug rennen konnte, dann ... Nachdenklich betrachtete er durch die Ladentür zwei kleine Mädchen, die sich auf dem Gehweg unterhielten. Eines der beiden hatte ein Fahrrad dabei und das brachte ihn auf eine Idee.

Alex brauchte mehrere Anläufe, bis er sich das Fahrrad unter den Nagel reißen konnte. Als Erstes fragte er die Kleine, ob sie ihm ihr Rad leihen würde, aber sie sagte Nein. Dann bot er ihr Geld an, aber sie wollte ihm das Rad trotzdem nicht geben. In seiner Verzweiflung versuchte er es ihr wegzureißen. Aber auch das war ein Flop. Die Kleine war höchstens acht, klammerte sich aber wild entschlossen an ihr Fahrrad und krallte ihre Finger mit aller Kraft in die Lenkergriffe. Das andere Mädchen schrie laut um Hilfe und Alex schaffte es nie, das Rad ganz an sich zu reißen, bevor die Mutter der Kleinen aus dem Laden stürzte, ihn am Kragen packte und lauthals nach der Polizei rief.

Am Ende fand er einen einfacheren Weg. Als Mrs Bellini die zwei Pfund siebenundzwanzig verlangte, ließ er seine 10-Pfund-Note auf der Theke liegen, ging zu den beiden kleinen Mädchen hinaus und sagte ihnen, dass sie zu ihrer Mutter in den Laden kommen und sich etwas Süßes aussuchen sollten. Die Kleine lehnte ihr Fahrrad an einen Briefkasten. Sobald die Mädchen im Laden verschwunden waren, riss Alex das Rad an sich und sauste davon.

Das Fahren war nicht einfach, weil das Rad kleiner war

als seines und keine Gänge hatte, aber immerhin ging es schneller als zu Fuß. Er trat in die Pedale, so fest er konnte, während hinter ihm das Protestgeschrei der beiden kleinen Mädchen und ihrer Mutter verebbte. In vollem Tempo sauste Alex über den Fahrdamm, bog links in den Roseby Crescent ein, strampelte hangaufwärts die Derby Road entlang … und hätte es fast geschafft.

Als er in seine Straße einbog, rannte Callum gerade ums Haus herum zur Hintertür. Alex' Mutter stand neben ihrem Auto in der Einfahrt. Alex wollte ihr zurufen, dass sie Callum nicht reinlassen sollte, doch da …

„Zwei Pfund und siebenundzwanzig bitte", sagte Mrs Bellini.

Alex probierte den Fahrradtrick noch zweimal, aber es half nichts. Als er Mrs Bellini das Geld zum siebzehnten Mal über die Theke reichte, wurde ihm klar, dass er ernsthaft in der Klemme saß. Wenn er es nicht irgendwie schaffte, nach Hause zu kommen, ehe Callum die Tasten auf seinem Laptop drücken konnte, steckte er für alle Zeiten in diesen fünf Minuten fest.

In seiner Verzweiflung spielte er sogar mit dem Gedanken, ein Auto zu stehlen. Er überlegte schon, wie er der Frau, die hinter ihm an der Theke wartete, die Autoschlüssel klauen konnte. Doch dann kam ihm die rettende Idee. Es gab eine viel einfachere Lösung für sein Problem und er wunderte sich, dass er nicht gleich daraufgekommen war.

„Zwei Pfund und siebenundzwanzig bitte“, sagte Mrs Bellini.

Alex gab ihr die 10-Pfund-Note. „Kann ich bitte mal telefonieren? Ich muss meine Mum anrufen“, sagte er. „Ich kann auch dafür bezahlen. Aber es ist wirklich dringend.“

„Ja, natürlich, mein Junge.“ Mrs Bellini schob ihm das Telefon über die Theke zu. „Und du brauchst nichts dafür zu zahlen. Das ist schon in Ordnung.“

„Danke.“ Alex tippte bereits die Nummer ein.

Das Telefon läutete eine Weile, und ihm fiel ein, dass seine Mutter draußen war und an ihrem Auto arbeitete.

„Hallo?“, meldete Mrs Howard sich endlich.

„Mum, ich bin's.“

„Alex? Was ist denn …“

„Hör mal, Mum, ich muss dir was Wichtiges sagen. Du darfst Callum auf gar keinen Fall ins Haus lassen, okay? Wenn er rüberkommt, dann lass ihn nicht rein und erst recht nicht in mein Zimmer. Es ist wirklich wichtig, okay?“

„Okay“, sagte seine Mutter. „Stimmt was nicht mit dir, Alex? Du hörst dich so …“

„Nein, nein, alles in Ordnung, Mum. Ich erklär's dir später, wenn ich nach Hause komme“, sagte Alex schnell und legte auf.

Als Alex in die Einfahrt zum Oakwood Close Nummer 17 kam, hievte sich seine Mutter unter der Hinterachse ihres TR4 hervor.

„Du hattest Recht“, sagte sie. „Callum ist wirklich rübergekommen, gleich nachdem du angerufen hast. Ich soll dir von ihm ausrichten, dass er einen Unfall hatte. Kurz nach zehn. Es sei sehr wichtig, dass du die genaue Zeit erfährst, meinte er.“

„Was für einen Unfall?“, fragte Alex.

„Wenn ich ihn richtig verstanden habe, hat er seinen Vater beim Darts-Spielen in den Fuß geschossen“, berichtete Mrs Howard. „Aber mehr konnte ich nicht aus ihm rauskriegen, weil sein Vater rübergebrüllt hat, dass er sofort nach Hause kommen soll. Wie Rumpelstilzchen ist er auf einem Bein herumgehüpft.“ Mrs Howard schaute zu Alex auf. „Aber woher wusstest du das alles?“

„Was?“

„Na, dein Anruf“, sagte Mrs Howard. „Du hast mir doch gesagt, dass ich Callum auf keinen Fall ins Haus lassen soll. Woher wusstest du, dass er herkommen würde, und warum wolltest du ihn nicht in dein Zimmer lassen?“

„Ach, das“, sagte Alex. „Ich … ich bring nur schnell die Milch in den Kühlschrank, okay? Ich erklär's dir dann später.“

Drinnen ließ er die Milch auf dem Tisch stehen und stürzte sofort nach oben an seinen Computer.

Es war fünf Minuten vor zehn und Callum spielte Darts. Der Wandhaken, an dem die Dartscheibe normalerweise hing, war herausgefallen. Also hatte Callum die Scheibe stattdessen auf den Fenstersims gestellt. Er zielte gerade, als Alex auftauchte.

„Hi“, sagte Callum. „Möchtest du mitspielen?“

„Nein, danke“, sagte Alex. „Ich bin nur hier, weil ich dir ein paar Sachen sagen wollte. Also erstens ist es total bescheuert, am offenen Fenster Darts zu spielen, noch dazu, wenn dein Vater druntersteht. Und zweitens ... Aber setz dich erst mal hin, okay? Und dann hör zu.“

„Okay.“ Callum setzte sich aufs Bett. „Ist was passiert?“

„Angenommen, du bist hier oben“, fing Alex an, ohne auf Callums Frage einzugehen, „und wirfst Darts auf die Scheibe und einer der Pfeile geht daneben, zischt zum Fenster hinaus und landet im Fuß von deinem Dad, der im Garten unten steht. Was würdest du dann tun?“

„Du willst doch nicht etwa behaupten, dass das wirklich passiert ist?“

„Doch“, sagte Alex. „Aber antworte erst auf meine Frage: Was würdest du tun?“

„Na, ich würde dich anrufen und ...“

„Zum Telefonieren bleibt keine Zeit“, sagte Alex. „Dein Dad schreit herum, dass er dich umbringt ...“

„Ach so ... ähm ... Also dann würde ich zu dir rüberlaufen und ...“

„Genau“, sagte Alex. „Du gehst in mein Zimmer, aber ich bin nicht da. Ich bin Milch holen gegangen. Also was machst du jetzt?“

Der Blick, den Alex ihm zuwarf, war so durchdringend, dass Callum flau im Magen wurde.

„A-also ...“, stotterte er, „wahrscheinlich geh ich an deinen Laptop und stelle die Zeit zurück, damit ...“

„Und genau das hast du getan!“, sagte Alex. „Mach das nie wieder, okay?“

„Okay.“ Callum schaute ihn verwirrt an. „Und warum nicht?“

„Weil du mir nichts gesagt hast! Du hast die Zeit zurückgestellt, ohne dass du dich nachher daran erinnern konntest. Du warst einfach wieder hier in deinem Zimmer und hast Darts gespielt und einer von den Pfeilen ist aus dem Fenster gezischt und hat deinen Dad getroffen. Dann bist du wieder zu mir rübergerannt, hast die Zeit im Computer eingestellt und Strg und Z gedrückt, und schwupps!, warst du wieder in deinem Zimmer und hast Darts gespielt und ein Pfeil ist aus dem Fenster gezischt und hat deinen Dad getroffen. Dann bist du zu mir gerannt ... und so weiter und so fort, bis in alle Ewigkeit.“

„Oh ...“ Alex konnte buchstäblich sehen, wie es in Callums Gehirn arbeitete, während er diese Information zu verdauen versuchte. „Und was ... was ist dann passiert?“

Alex erzählte ihm die ganze Geschichte: wie er alle vier Minuten wieder in Mrs Bellinis Laden gelandet war, wie er verzweifelt nach Hause zu kommen versucht hatte, um die Zeit neu einzustellen, wie er das Fahrrad genommen und beinahe noch ein Auto geklaut hatte. Und wie er schließlich auf die Idee mit dem Telefonieren gekommen war.

„Mach das nie wieder!“, sagte Alex. „Geh nie wieder an den Laptop, ohne mir vorher Bescheid zu sagen, damit ich dir erklären kann, was du tun musst. Okay?“

„Ja, gut“, sagte Callum. „Okay.“

Am Abend schrieb Alex einen Brief an seinen Patenonkel und erzählte ihm, was passiert war. Er hätte nie gedacht, dass der Laptop so riskant sein könnte. Und vielleicht gab es noch mehr Gefahren, von denen er nichts ahnte. Wenn ja, wäre es gut, wenn sein Onkel ihn warnen würde, damit er solche Pannen in Zukunft vermeiden konnte.

Die Antwort, die er darauf erhielt, war nicht so hilfreich, wie er gehofft hatte. Sein Onkel schrieb:

Lieber Alex,
mir scheint, du hast ein paar wichtige Fehler gemacht. Bravo, mein Junge! Und um deine Frage zu beantworten: Ja, mit dem Laptop sind noch viel mehr Gefahren verbunden. Ich rate dir also, sehr vorsichtig damit umzugehen.
Übrigens werde ich vielleicht in nächster Zeit nach Europa reisen – das heißt, ich werde euch möglicherweise besuchen, und dann kannst du mir unter vier Augen erzählen, wie du mit allem vorankommst.
Pass auf dich auf!

Liebe Grüße von
deinem Patenonkel
John Presley

„*Noch viel mehr Gefahren …*“ Alex las den Satz zweimal. Das klang nicht sehr ermutigend.

Kapitel 8

Auch wenn der Laptop ihm manchmal einen gewaltigen Schrecken einjagte, hätte Alex um nichts in der Welt auf ihn verzichtet. Es war bei Weitem das spannendste Geschenk, das er je bekommen hatte. Wer konnte schon am Vormittag aus der Schule spazieren oder eine Runde mit dem Auto seiner Mutter drehen, wenn er Lust dazu hatte? Dafür nahm er jedes Risiko in Kauf.

Außerdem entdeckte Alex in den nächsten Tagen, dass sein Computer auch auf andere Weise nützlich war. Erstens wurde sein Leben mit der Zeitfunktion praktisch schmerzfrei. Wenn er sich in den Finger schnitt oder den Ellbogen aufschürfte oder auch nur mit der Zehe ans Stuhlbein stieß – kein Problem! Er stellte einfach die Zeit zurück und der Schmerz war wie weggeblasen, so als hätte er nie existiert – was ja dann auch stimmte.

Mit dem Laptop war alles möglich: Wenn Alex eine spannende DVD anschaute und sein Vater ihn nach der ersten Hälfte ins Bett schickte, weil Schlafenszeit war, konnte er eine Stunde zurückgehen und sich die zweite Hälfte ansehen. Wenn es sein Lieblingsessen gab, konnte er alles noch mal verputzen – und das, so oft er wollte, ohne dass er platzte, denn jedes Mal war er wieder genauso hungrig wie beim ersten Mal. Und wenn er sich zum Beispiel ein Computerspiel kaufte, konnte er es ein paar Stunden ausprobieren. Gefiel es ihm nicht, drückte er Strg und Z und suchte sich etwas Neues aus.

Aber davon abgesehen bewirkte der Laptop etwas, was unbezahlbar war. Noch viel besser, als schmerzfrei zu leben, Callums Unfälle ungeschehen zu machen oder Porzellanteller auf Mr Kowalskis Gewächshaus zu werfen. Mit dem Laptop konnte Alex dafür sorgen, dass alles gut ausging.

Einfach alles.

Wenn er seine Lieblingssendung im Fernsehen verpasst hatte, stellte Alex die Zeit zurück und schaltete den Rekorder ein. Als seine Mum ihre Handtasche im Laden liegen ließ, mit dem ganzen Geld und allen ihren Kreditkarten drin, brachte Alex alles wieder in Ordnung. Er drehte einfach die Zeit zurück und nahm die Tasche von der Ladentheke. Und als sein Dad nach einem Abstecher ins Schwimmbad später als vorgesehen zum Parkplatz zurückkam und einen Strafzettel vorfand, ging Alex zurück und sorgte dafür, dass er ein Parkticket kaufte, das für die ganze Zeit ausreichte. Und dass er noch eine Runde schwimmen konnte.

Mit dem Laptop war das Leben viel leichter. Ein Tastendruck, und alle kleinen Ärgernisse waren aus dem Weg geräumt, noch ehe sie überhaupt entstehen konnten. Wenn sein Dad mit dem Auto falsch abbog oder jemand Tee auf den Teppich verschüttete oder seine Mum sich mit dem Hammer auf den Daumen schlug – Alex machte es ungeschehen.

Die meiste Zeit aber war er mit etwas beschäftigt, was ihm seit Wochen auf den Magen schlug. Und das war der ständige Streit zwischen seinen Eltern.

Oft genügte es, den Grund für den Streit herauszufinden, um ihn zu verhindern. Wenn sie zum Beispiel darum zankten, wer von ihnen den Mülleimer hätte leeren müssen, stellte Alex die Zeit zurück und leerte ihn selbst, sodass seine Eltern keinen Grund mehr zum Streiten hatten.

In den meisten Fällen funktionierte das gut. Aber nicht immer war es so einfach. Manchmal stritten sie über Dinge, die Alex auch mit seinem Laptop nicht ändern konnte. Zum Beispiel hatten seine Eltern einen Riesenkrach, weil der Wagen seiner Mutter ausgerechnet auf dem Weg zu einem wichtigen Vorstellungsgespräch kaputtging. Dagegen konnte Alex nicht viel tun. Ein defekter Verteiler ließ sich auch mit dem Laptop nicht reparieren.

Seine Mum hatte jahrelang gebüffelt, damit sie Buchhalterin werden konnte so wie sein Dad. Wenn sie genug Berufserfahrung gesammelt hatte, wollten seine Eltern zusammen eine Buchhaltungskanzlei eröffnen. Das war immer ihr Plan gewesen. Jetzt war dieser Traum wieder mal in weite Ferne gerückt.

Es gab nur wenige Jobs in der Gegend, und wenn seine Mum endlich mal ein Vorstellungsgespräch bekam, wurde sie aus irgendwelchen Gründen trotzdem nie eingestellt. Als sie nun das Vorstellungsgespräch verpasste, weil ihr Auto unterwegs den Geist aufgab, hatten seine Eltern den schlimmsten Krach, den Alex je erlebt hatte. Dad schrie Mum an, dass sie mehr Zeit hätte einrechnen müssen, und Mum warf Dad ein Päckchen Butter an den Kopf.

Da Alex die Ursache nicht aus dem Weg räumen konnte, versuchte er wenigstens die Situation ein bisschen zu entschärfen. Solange er bei ihnen war, stritten sie normalerweise nicht. Wenn er also oben in seinem Zimmer war und laute Stimmen hörte, stellte er die Zeit zurück, ging wieder runter und blieb demonstrativ da, damit der Krach nicht ausuferte. Das war keine Ideallösung, aber besser als nichts, und manchmal konnte er sogar noch mehr tun.

Einmal gelang es ihm, einen Mega-Streit auszubügeln, und darauf war er besonders stolz. Es war der Geburtstag seiner Mum, ein Mittwoch vor Beginn des neuen Halbjahrs. Mr Howard war mit Alex in die Stadt gefahren, um das Geburtstagsgeschenk für seine Frau abzuholen.

Mitten im hell erleuchteten Ausstellungsraum einer Autofirma stand ein brandneuer silberner Toyota. Mr Howard tätschelte zufrieden die Haube und strahlte Alex an.

„Da“, sagte er. „Meinst du, der gefällt ihr?“

„Du hast Mum ein Auto zum Geburtstag gekauft?“, fragte Alex entgeistert. „Aber sie hat sich doch einen Motorheber gewünscht.“

„Ja, ich weiß.“ Sein Vater strahlte noch mehr. „Das wird eine Riesenüberraschung! Ich hab es letzte Woche ausgesucht und jetzt muss ich es nur noch bezahlen. Damit.“ Er hielt einen Bankscheck in die Höhe. „Damit sie keine Pannen mehr hat, wenn sie zu einem wichtigen Vorstellungsgespräch fährt. Und außerdem braucht sie dann nicht mehr ihre ganze Freizeit mit dem alten Triumph zu vergeuden. Sie kann sich endlich auf die Jobsuche konzentrieren, damit sie die Stelle bekommt, die sie verdient!“

Als Mrs Howard an diesem Tag um vier Uhr nach Hause

kam und auf ihrem Fahrrad die Einfahrt heraufkurvte, warteten Alex und sein Vater schon neben dem neuen Auto auf sie. Mr Howard hatte eine riesige rosa Schleife um den Toyota gebunden, sodass er wie ein richtiges Geschenk aussah.

Mrs Howard stieg von ihrem Rad und starrte den Wagen an. „Was ist das denn?“, fragte sie.

„Der ist für dich“, sagte Mr Howard stolz.

„Herzlichen Glückwunsch zum Geburtstag!“, rief Alex.

„Ich hab dir doch gesagt, dass ich mir einen Motorheber wünsche“, sagte seine Mum.

„Ja, ich weiß“, erwiderte Mr Howard fröhlich. „Aber ich hab dir stattdessen den Toyota gekauft.“

„Ich habe schon ein Auto“, sagte Mrs Howard.

„Aber das hier“, erwiderte Mr Howard, „ist absolut zuverlässig! Damit kannst du zu deinen Vorstellungsterminen oder zur Arbeit fahren, ohne dass du auf der Straße liegen bleibst.“

„Und was mache ich damit?“ Mrs Howard zeigte auf den Triumph in der Garage.

„Na ja … den kannst du verkaufen.“

„Verkaufen.“ Mrs Howard schaute ihren Mann an. „Na klar doch. Zwei Jahre lang habe ich daran herumgebastelt und jetzt fällt mir nichts Besseres ein, als ihn zu verkaufen!“

„Hör mal“, sagte Mr Howard, der langsam ein bisschen gereizt klang, „du könntest ja wenigstens mal Danke sagen, nachdem ich so viel Geld für dich ausgegeben habe …“

„Ja, genau, das ist der nächste Punkt“, unterbrach Mrs Howard ihren Mann. „Du gibst einfach so viel Geld für ein Auto aus, ohne mich vorher zu fragen?“

Mr Howard starrte sie an. „Ich fass es nicht! Bist du böse auf mich, weil ich dir ein Auto gekauft habe?“

„Ja, bin ich“, sagte Mrs Howard. „Und nicht nur böse – ich bin stocksauer.“

„Das darf doch nicht wahr sein!“, rief Mr Howard, dem jetzt der Kragen platzte. „Wir haben zwölf Jahre lang darauf hingearbeitet, dass du eines Tages was Sinnvolleres machen kannst, als in einer Werkstatt zu jobben, und ich dachte, du würdest wenigstens …“

„Ach hör auf!“, fauchte Mrs Howard zurück. „Gar nichts hast du gedacht. Was ich mir wünsche, interessiert dich doch gar nicht. Du hast gemacht, was dir in den Kram passt, und damit fertig.“

Danach lief alles nach dem vertrauten Muster ab. Der Streit wurde schlimmer, die Dinge, die sie sich gegenseitig an den Kopf warfen, wurden immer verletzender, ihre Stimmen immer aufgebrachter und beide brüllten so laut, dass sie gar nicht merkten, wie Alex leise ins Haus zurückging und in seinem Zimmer verschwand.

„Da!“, sagte sein Vater und klopfte auf die Haube des silbernen Toyota. „Was meinst du?“

„Ich finde ihn super“, sagte Alex, „aber falls es ein Geburtstagsgeschenk für Mum sein soll, kann ich dir gleich sagen, dass sie sich nicht drüber freuen wird.“

„Was?“ Sein Vater schaute ihn entgeistert an. „Wieso das denn? Was soll ihr daran nicht gefallen? Er ist brandneu. Und er säuft nicht ab, wenn sie zu einem Vorstellungsgespräch unterwegs ist, so wie ihr alter Triumph. Er ist …“

„Aber das ist ja genau der Punkt, Dad“, sagte Alex. „Sie hat schon ein Auto. Den Triumph.“

„Na ja, den kann sie verkaufen.“

„Aber sie hat doch schon so viel Arbeit reingesteckt“, protestierte Alex. „Würdest du einen Wagen verkaufen, an dem du zwei Jahre lang herumgebastelt hast und der gerade erst fertig geworden ist?“

Mr Howard machte den Mund auf, um etwas zu erwidern, aber dann klappte er ihn wieder zu.

„Glaub mir, Dad“, sagte Alex fest. „Ich weiß, was ich sage. Kauf den Wagen nicht. Oder rede erst mit Mum darüber. Du würdest einen Riesenfehler machen, ehrlich.“

Mr Howard wurde auf einmal sehr nachdenklich. Zugegeben, in letzter Zeit lief es nicht besonders gut zwischen ihm und seiner Frau, und er hatte irgendwie gehofft, dass er mit seinem Geschenk die Stimmung ein bisschen heben konnte. Aber wenn Alex Recht hatte …

„Ruf sie einfach an“, drängte Alex. „Frag sie, was sie wirklich will.“

„Aber wenn ich sie anrufe, ist es doch keine Überraschung mehr“, wandte Mr Howard ein.

„Das hier wäre keine Überraschung, Dad“, sagte Alex, „sondern eine Katastrophe.“

Mr Howard schwieg ein paar Sekunden, dann nahm er

langsam sein Handy heraus und wählte die Nummer seiner Frau. Es wurde ein sehr kurzes Gespräch, aber danach wusste er, was er zu tun hatte.

„Also gut", sagte er und drehte sich zu Alex um. „Dann kaufen wir jetzt den Motorheber."

Mrs Howard war hocherfreut über ihr Geschenk. Jetzt kam sie problemlos an das Antriebswellengehäuse heran und musste den Wagen nicht jedes Mal in die Werkstatt bringen. Überschwänglich umarmte sie ihren Mann und knutschte ihn sogar ab, was Alex oberpeinlich fand. Dann setzte sie sich hin und öffnete ihre Geburtstagspost und die anderen Geschenke. Anschließend ließ sie sich das Abendessen schmecken, das Mr Howard gekocht hatte, und verspeiste genüsslich den Kuchen, den er gekauft hatte. Am Ende sagte sie, es sei der schönste Geburtstag gewesen, den sie je erlebt habe.

Mr Howard freute sich darüber, das war offensichtlich. Aber Alex fiel auf, dass sein Dad stiller war als sonst und seiner Mum immer wieder verwunderte Blicke zuwarf, als sei sie ihm irgendwie ein Rätsel. Er hatte es doch nur gut gemeint mit dem schicken neuen Flitzer, den er ihr schenken wollte – etwas, was sie wirklich gebrauchen konnte –, aber aus unerfindlichen Gründen wollte sie es nicht haben.

Manchmal fragte er sich, ob er seine Frau überhaupt je verstanden hatte.

Alex war auch ziemlich durcheinander. Die beiden Geburtstage hätten nicht unterschiedlicher verlaufen können.

Beim ersten Mal waren seine Eltern aufeinander losgegangen, als ob sie sich abgrundtief hassten und zielstrebig auf eine Scheidung zusteuerten. Das zweite Mal waren sie wie verwandelt und strahlten sich den ganzen Tag an so wie früher. Wie konnte ein lächerliches Geburtstagsgeschenk nur so einen Riesenunterschied machen?

Aber egal, Hauptsache, es hatte gewirkt. Alex hatte dafür gesorgt, dass alles gut ausging, und das war das Beste an seinem Laptop. Er konnte die Welt wieder in Ordnung bringen.

Kapitel 9

Alex war nicht der Einzige, der von dem Laptop profitierte. Auch für Callum brachen rosige Zeiten an.

Callum war immer ein Pechvogel gewesen, der von einem Unglück ins nächste stolperte. Er konnte einfach nichts dagegen machen. Vielleicht, weil er dauernd Angst hatte, dass etwas passieren könnte. Das hatte jedenfalls eine Psychologin vermutet. Aber diese Erklärung ließ Callum nicht gelten: Angst hatte er ja nur, *weil* ihm dauernd etwas zustieß. Und wie sollte er angstfrei durchs Leben gehen, wenn er doch wusste, dass an jeder Ecke eine neue Katastrophe auf ihn lauerte?

Doch seit ein paar Wochen war alles anders. Seit dem Tag, an dem Alex den Laptop bekommen hatte, war Callum kein einziger Unfall mehr passiert. Jedenfalls keiner, an den er sich erinnerte. Und zum ersten Mal seit vielen Jahren ließ die Angst nach. Callum war überall mit einem mulmigen Gefühl hingegangen, weil er genau wusste, dass wieder etwas Schlimmes geschehen würde … Und das war vorbei. Warum sollte er sich auch Sorgen machen? Es passierte ja nichts mehr. Und falls doch, musste er es nur Alex sagen, damit er alles wieder ins Reine brachte.

Die Erleichterung war unbeschreiblich. Callum fühlte sich, als wäre ihm eine schwere Last von den Schultern gefallen. Er bewegte sich sogar anders – leicht und beschwingt, wie Alex es noch nie an ihm gesehen hatte. Und das Merkwürdigste war, dass Callum tatsächlich nicht mehr so viele Unfälle hatte. Es wurden von Tag zu Tag weniger.

Vielleicht hatte die Psychologin doch Recht und Callum zog keine Unfälle mehr an, weil er nicht mehr so ängstlich war. Alex wusste es nicht, aber eins stand für ihn fest: Sein Freund war wie verwandelt.

Das fiel auch Callums Eltern auf.

„Wenn du wüsstest, wie dankbar wir dir sind“, sagte Mrs Bannister eines Tages zu Alex, als sie im Garten saßen. Sie zeigte auf Callum, der mit einer Schürze am Grill stand und Würstchen briet. „Sieh ihn dir an!“, sagte sie stolz. „Er hantiert am offenen Feuer, ohne dass wir Angst haben müssen! Der Junge ist nicht wiederzuerkennen.“ Sie strahlte Alex an. „Und wir wissen alle, warum, nicht wahr?“

„Ach ja?“, sagte Alex leicht beunruhigt. Er hatte Callum eingeschärft, wie wichtig es war, dass er seinen Eltern nichts von dem Laptop erzählte.

„Aber natürlich, Alex. Das warst du.“ Mrs Bannister legte ihm liebevoll eine Hand auf die Schulter. „Callum hat uns erzählt, dass du ihm immer hilfst. Mit ihm redest. Ihm zeigst, wie er Unfälle vermeiden kann.“

„Ach so, das …“, sagte Alex erleichtert.

„Und du siehst ja, es funktioniert.“ Mr Bannister war unbemerkt zu ihnen getreten. „Wir können kaum glauben, wie sehr er sich in den letzten paar Wochen verändert hat. Es ist ein Wunder.“

„Oh, gut“, sagte Alex.

„Und deshalb, Alex, wollten wir dich fragen, ob du im Sommer mit uns in die Ferien fahren willst“, sagte Mrs

Bannister. „Wenn du dabei bist, läuft alles viel besser, und da dachten wir …“

„… also wir denken, dass es für alle das Beste wäre, wenn du auch mitkommst“, beendete Mr Bannister ihren Satz. „Wir werden eine Villa in Frankreich mieten. Mit Swimmingpool. Wenn du magst, rede ich mit deinen Eltern.“

Eine Villa in Frankreich, das war cool. Alex sagte strahlend zu.

Nur eins hatte Alex mit seinem Computer bisher nicht geschafft: Geld zu verdienen. Wenn er sein Gehirn ein bisschen anstrengte, würden ihm mindestens siebenundzwanzig verschiedene Methoden einfallen, wie er mit dem Laptop Geld machen konnte, hatte Onkel John geschrieben. Alex grübelte und grübelte, und trotzdem fiel ihm nichts ein – nicht eine einzige gute Idee, geschweige denn siebenundzwanzig.

Aber er hatte trotzdem viel Spaß mit seinem Laptop.

Jeden Tag dachte er sich etwas anderes aus. Einmal malte er das Wohnzimmersofa blau an (weil er wissen wollte, wie das aussah), ein anderes Mal stellte er einen Karton voll Eier in die Mikrowelle, um zu testen, ob sie platzten (sie platzten wirklich), oder er nagelte Bretter über die Treppe und baute sich eine Rutschbahn daraus. Mit anderen Worten, er machte alles, was ein Junge in seinem Alter gern anstellen würde, wenn er wüsste, dass er ungeschoren davonkommt.

Eines Tages entdeckte Alex einen Karton mit Feuerwerkskörpern ganz hinten in dem Schrank im Esszimmer, das sein Vater als Arbeitszimmer benutzte. Ein Blick genügte, und sein Plan stand fest. Die Kracher in der Kiste flehten ihn buchstäblich an, sie herauszunehmen und in die Luft zu jagen.

Es war Samstag, und Alex hatte gerade die Zeit in seinem Laptop eingestellt und den Karton aus seinem Versteck genommen, als Callum an der Haustür auftauchte.

„Wir gehen in den Park runter", sagte Callum und deutete auf die Einfahrt hinaus, wo Lilly im Rollstuhl wartete, den Hund Mojo an der Leine. „Lilly will Enten füttern und sie sagt, du kannst auch mitkommen, wenn du willst."

„Ich hab 'ne bessere Idee", verkündete Alex und zeigte seinem Freund die Feuerwerkskörper. „Dad ist auf einer Konferenz und Mum kommt erst in einer Stunde nach Hause. Wir haben genug Zeit, um die Dinger abzufeuern. Jetzt gleich im Garten."

„Aber was sagt dein Dad dazu? Merkt der nicht, dass sie weg sind?", wandte Callum ein.

„Mann, die sind doch nicht weg!", fuhr Alex ihn an. „Wir feuern sie ab, ich drehe die Zeit zurück und dann sind sie wieder in ihrem Karton im Schrank."

„Ähm ... ja", sagte Callum zweifelnd, wie immer wenn Alex ihn zu solchen Sachen anstiften wollte. Er zögerte dann und fragte sich, ob es nicht zu gefährlich war. Und Feuerwerkskörper *sind* gefährlich. Das weiß jedes Kind.

„Aber ich weiß nicht, ob Lilly ..."

„Ach, was soll Lilly schon dagegen haben?", schnitt

Alex ihm das Wort ab. „Sie findet das Feuerwerk bestimmt toll und hinterher weiß sie ja nichts mehr davon, okay? So wie du auch."

Callum rollte Lilly am Haus entlang in den Garten hinunter und Alex sperrte Mojo in der Küche ein. Dann nahmen die Jungen ein paar Kracher aus dem Karton und gingen damit in den Garten hinunter.

Das Ergebnis war allerdings enttäuschend. Ein Feuerwerk ist bekanntlich nachts am schönsten, wenn die farbigen Leuchtkugeln in den dunklen Himmel zischen, aber jetzt, am helllichten Tag, sah man fast gar nichts. Außerdem machten die Raketen einen Höllenlärm und Alex wartete nur darauf, dass Mr Kowalski herüberkam und sich beschwerte.

„Probier mal den da", sagte Lilly. Sie nahm den dicksten Böller heraus, der ganz unten im Karton lag, und reichte ihn Callum. Das Ding nannte sich „Granate" und sah aus wie eine große Konservendose mit einem Stecken dran. Auf der Bedienungsanleitung stand, dass man den Stiel fest in den Boden rammen, dann die Lunte anzünden und möglichst weit weggehen sollte.

Alex trug die „Granate" also ganz weit in den Garten und rammte den Stecken fest in den Boden. Callum zündete die blaue Papierlunte an und dann rannten sie zu Lilly auf die Terrasse zurück.

Nichts geschah. Sie warteten fast eine Minute, ohne dass etwas passierte.

„Wahrscheinlich ist sie ausgegangen", sagte Alex und

wollte zurückgehen, um die Lunte wieder anzuzünden. Aber Callum hielt ihn fest.

„Du darfst nie zu einer Rakete zurückgehen, wenn sie schon angezündet ist“, sagte er. „Du musst warten.“

„Wie lange?“, fragte Alex.

„Mindestens eine Stunde“, sagte Callum. „Du willst doch nicht, dass dir das Ding ins Gesicht fliegt, oder?“

„Ich hab Durst“, sagte Lilly in diesem Moment und Alex machte die Hintertür auf, damit sie mit ihrem Rollstuhl in die Küche fahren konnte.

Den Hund hatte er ganz vergessen. Sobald die Tür aufging, schoss Mojo wie der Blitz heraus. Er platzte fast vor Tatendrang, nachdem er in seinem Gefängnis den ganzen Spaß verpasst hatte.

Bälle und Stöcke gehörten zu Mojos Lieblingsspielzeug, und als er in den Garten hinunterfetzte, entdeckte er ein schönes, dickes Stöckchen, das an der Rasenkante in der Erde steckte. Fantastisch! Mojo packte den Stock mit den Zähnen und machte, was jeder vernünftige Hund in diesem Fall getan hätte: Er brachte ihn seinem Herrchen.

Callum hatte Alex zu Recht gewarnt, dass man nie zu einem Feuerwerkskörper zurückgehen darf, wenn er schon angezündet ist. Das blaue Luntenpapier an der „Granate“ war ein bisschen feucht geworden, aber es schwelte noch. Und als Mojo damit durch den Garten sauste, flammte die Lunte durch den Luftzug plötzlich auf. Im nächsten Moment zischten bunte Phosphorkugeln aus der Dose am anderen Ende des Stöckchens hervor.

Hätte die „Granate“ im Boden gesteckt, wären die Kugeln in die Luft gezischt, aber weil Mojo den Stock im Maul hielt, schossen sie seitwärts davon. Die erste Kugel zischte in Kniehöhe über den Boden und raste direkt auf Callum zu.

Callum schrie entsetzt auf und sprang aus dem Weg, aber jetzt kamen bereits die nächsten Kugeln. Funkelnd schossen sie aus der „Granate“ hervor und zischten durch den ganzen Garten. Eine der Kugeln flog in den Zaun, die nächste schoss darüber hinweg und landete auf Mr Kowalskis Schuppen, zwei weitere rasten auf Alex’ Haus zu. Die erste prallte von der Backsteinmauer ab, ohne Schaden anzurichten, aber die zweite raste durch die offene Hintertür in die Küche.

Mit einem leisen Wumpf! landete die brennende Kugel in einer Schale Paraffin, in der Mrs Howard das Schmierfett von einem Teil der Motoraufhängung lösen wollte. Die Schale war eigentlich nur ein leerer Eisbehälter aus Plastik. In Sekundenschnelle schmolz eine Seite in der Hitze der Flammen, sodass sich der brennende Inhalt auf den Fußboden ergoss.

Im Handumdrehen breitete sich die Feuerlache von der Hintertür zu der zweiten Tür aus, die in den Flur hinausging. Direkt daneben war die Spüle, vor der Lilly in ihrem Rollstuhl saß, um sich ein Glas Wasser zu holen. Alex starrte entsetzt in die züngelnden blauen Flammen. Es war eine tödliche Falle. Das brennende Paraffin schnitt Lilly gleichzeitig den Weg zur Hintertür und zur Flurtür ab. Sie konnte nicht fliehen. Mit angstgeweiteten Augen schaute Lilly Alex an, ohne einen Ton herauszubringen.

Jetzt fing auch noch die Zeitung Feuer, die Mrs Howard unter die Paraffinschale gelegt hatte. Sie brannte lichterloh. Ein ohrenbetäubender Knall aus einem der Küchenschränke verriet, dass dort in der Hitze etwas explodiert sein musste, und bald leckten noch mehr Flammen an der lackierten Flurtür.

Das Schlimmste aber war, dass Alex die Zeit nicht zurückdrehen konnte: Sein Laptop stand im Esszimmer. Er hatte ihn dort gelassen, als er die Kracher geholt hatte. Alles war vorbereitet und die Zeit eingestellt, sodass ein Tastendruck genügt hätte – aber jetzt schnitt ihm das Feuer den Weg ins Esszimmer ab. Eine andere Möglichkeit, ins Haus hineinzukommen, gab es nicht. Die Vordertür war zugesperrt, und nirgends stand ein Fenster offen. Der einzige Weg führte durch die kniehohen Flammen, und wie sollte Alex das schaffen? Er hatte ja nicht einmal Schuhe an …

Kreidebleich tauchte Callum neben Alex auf. Die beiden Jungen mussten hilflos mit ansehen, wie die Flammen über den Boden krochen und an den Rädern von Lillys Rollstuhl leckten. Lilly schrie auf.

„Warte, Lilly!“, rief Callum. „Ich komme …“

Alex hielt ihn fest. Auch wenn sich das vielleicht herzlos anhörte, wusste er, dass es keinen Sinn hatte, sich in die Flammen zu stürzen, um Lilly zu retten. Nein, sie mussten irgendwie an seinen Laptop herankommen. „*Ich* gehe“, sagte er entschlossen und wollte schon ins Feuer treten, als ihn eine Hand an der Schulter packte und zurückriss.

Es war Mr Kowalski, der mürrische alte Mann mit dem unrasierten Kinn und der löchrigen grauen Weste. Energisch stieß er die beiden Jungen von der Tür weg.

„Ihr bleibt zurück“, herrschte er sie an. „Alle beide!“ Dann ging er in die Küche und watete durch das Flammenmeer, als sei es kein sengendes Feuer, sondern ein harmloser Grasstreifen. Geschickt hob er Lilly aus dem Rollstuhl, nahm sie in seine Arme und trug sie mit langen, vorsichtigen Schritten durch die Hintertür in den Garten hinaus. Lilly war gerettet.

„Alles in Ordnung, kleines Mädchen“, murmelte er ihr zu. Seine Stimme klang jetzt gar nicht mehr barsch. „Alles gut. Musst nix Angst haben ...“ Er strich ihr mit einer Hand über die Haare und betrachtete prüfend ihren kleinen Körper. „Du bist verletzt?“

Lilly schüttelte den Kopf.

„Mr Kowalski“, sagte Callum, „Ihre Hose hat Feuer gefangen.“

Ein paar Spritzer Paraffin waren auf Mr Kowalskis Kleidern gelandet, und über seinen Schuhen und am Hosensaum züngelten kleine Flammen. Mr Kowalski achtete nicht darauf, sondern wandte sich an Alex.

„Geh nach nebenan, schnell“, sagte er. „Ruf Feuerwehr an!“ Dann setzte er Lilly behutsam im Gras ab und schlug die Flammen an seiner Hose mit der bloßen Hand aus.

Alex rannte mit klopfendem Herzen ums Haus herum.

Dann machte er endlich, was er sofort hätte tun sollen, als das Feuer ausgebrochen war. Er las einen großen Stein im Vorgarten auf und warf ihn mit aller Kraft gegen das Wohnzimmerfenster. Das Glas zersprang, Alex griff durch das Loch, öffnete den Riegel und riss das Fenster auf. Dann kletterte er hinein.

Im Flur war das Paraffin unter der Küchentür durchgesickert und hatte den Teppich in Brand gesetzt. Alex kümmerte sich nicht darum, sondern lief sofort ins Esszimmer. Der Laptop stand auf dem Tisch, und er musste nur noch die Hand ausstrecken und …

… die Tasten drücken.

„Wir gehen in den Park runter“, sagte Callum und deutete in die Einfahrt hinaus, wo Lilly im Rollstuhl wartete, den Hund Mojo an der Leine. „Lilly will Enten füttern und sie sagt, du kannst mitkommen, wenn du willst.“

„Oh“, sagte Alex. „Ja, gut.“ Er brauchte einen Augenblick, um zu Atem zu kommen.

„Was ist denn da drin?“, fragte Callum neugierig und zeigte auf den Karton mit den Feuerwerkskörpern, den Alex in der Hand hielt.

„Ach, nichts“, wehrte Alex ab. „Ich war nur gerade beim Aufräumen …“

Enten füttern klang eigentlich ganz okay. Etwas Aufregenderes hätte er im Moment sowieso nicht verkraftet.

Kapitel 10

Das missglückte Feuerwerk war Alex eine Lehre gewesen. In Zukunft wollte er dafür sorgen, dass immer jemand direkt vor dem Laptop stand, die Finger im Anschlag, sodass er sofort die Tasten drücken konnte, wenn etwas schiefging.

Diesmal war niemand verletzt worden, aber nur weil sie unglaubliches Glück gehabt hatten. Wenn Mr Kowalski nicht rechtzeitig aufgetaucht wäre, wenn die Flammen noch weiter zu Lilly vorgedrungen wären, wenn er, Alex, durch die Küche gerannt wäre und es nicht geschafft hätte … nicht auszudenken! Es hätte böse enden können.

Der Gedanke daran ließ ihn nicht mehr los. Am meisten musste er an Mr Kowalski denken: wie der alte Mann ihn von der Tür zurückgerissen hatte und durch die Flammen gewatet war, um Lilly aus dem Rollstuhl zu retten; wie er sie schließlich ruhig im Gras abgesetzt hatte, ohne sich um seine brennende Hose zu kümmern, und wie er die Flammen mit der bloßen Hand ausgeschlagen hatte, als sei das gar nichts.

Für Alex war Mr Kowalski bis dahin ein miesepetriger alter Spielverderber gewesen, der nur den Mund aufmachte, um sich zu beschweren. Aber er hatte ihn unterschätzt. Er war vielleicht alt und brummig und er schoss mit einem Luftgewehr auf kleine Hunde, die in seinem Garten herumschnüffelten. Doch das war nur eine Seite von ihm. Mr Kowalski war mehr als das. Er war … ein Held. Als die Küche in Flammen gestanden war, hatte er einen Mut bewiesen, wie man ihn sonst nur aus Geschichten kennt.

Ohne zu zögern, hatte er sein eigenes Leben aufs Spiel gesetzt, und dafür hatte er eine Medaille verdient.

Nur wusste leider niemand, dass Mr Kowalski ein Held war. Nicht einmal Mr Kowalski selbst. Alex hätte ihm gern gesagt, wie froh er war, dass er Lilly gerettet hatte, und wie sehr er ihn dafür bewunderte. Aber das konnte er nicht, weil Mr Kowalski gar nicht verstanden hätte, wovon er redete. Wie sollte er dem alten Mann für etwas danken, an das er sich nicht erinnerte?

Zwei Tage später hatte Alex eine Idee. Es war in der Schule und Sophie Reynolds schenkte ihm einen selbst gebackenen Kuchen.

Sophie war viel netter zu Alex und Callum, seit die beiden Jungen ihr im Einkaufszentrum geholfen hatten. Jetzt lächelte sie freundlich und sagte Hallo, wenn sie ihnen morgens begegnete. Als Callums Kugelschreiber kaputtging, lieh sie ihm einen von ihren und sie half Alex in Mathe. Aber dass sie ihm jetzt auch noch Kuchen backte, ging irgendwie zu weit. Zum Glück war der Kuchen dann gar nicht für ihn, sondern für seine Mutter.

„Der ist für deine Mum“, sagte Sophie. „Für letzten Freitag.“

Am Freitag war Alex mit seiner Mutter in die Stadt gefahren. Unterwegs hatten sie Sophie und ihre Mum am Straßenrand stehen sehen. Die Kühlerhaube ihres Autos war geöffnet. Mrs Reynolds beugte sich in ihrem Rollstuhl darüber und starrte hilflos auf den Motor.

Alex’ Mum hatte sofort angehalten und ihre Hilfe angeboten. Viele Leute in der Nachbarschaft wandten sich an sie, wenn sie Probleme mit ihren Autos hatten. Auch wenn Mrs Howard den Schaden nicht immer selbst beheben konnte, fand sie zumindest die Ursache heraus und gab den Leuten Tipps, was sie tun mussten. In diesem Fall handelte es sich nur um ein gelockertes Batteriekabel und das Problem war in Sekundenschnelle behoben.

„Das hätten die beim Kundendienst aber sehen müssen“, sagte Mrs Howard zu Sophies Mutter, als sie die Haube wieder zuklappte. „Nächstes Mal kommen Sie lieber zu uns. In unserer Werkstatt passiert so was nicht.“

Der Kuchen, den Sophie gebacken hatte, war super: ein dicker, saftiger Biskuit, mit massenhaft Erdbeeren und Sahne gefüllt.

„Mum liebt Erdbeeren“, sagte Alex. „Danke, der sieht echt gut aus.“ So gut, dass Alex plötzlich wusste, wie er sich bei Mr Kowalski bedanken konnte.

Worte waren sinnlos: Wie soll man sich mit Worten für etwas bedanken, was rein technisch gesehen gar nicht passiert war? Aber er konnte seinem Nachbarn einen Kuchen backen.

Gleich am nächsten Tag nach der Schule machte sich Alex ans Werk. Sophie gab ihm das Rezept und seine Mutter suchte die Zutaten für ihn heraus, aber die ganze Arbeit machte er selbst. Es sollte ja *sein* Kuchen sein. Das Ergebnis konnte sich sehen lassen. Er musste zwar zweimal die Zeit zurückdrehen – einmal, weil er zu viele Eier in den

Teig getan hatte, und das zweite Mal, weil er den Kuchen zu lange im Ofen gelassen hatte –, aber sonst lief alles glatt. Und der Kuchen schmeckte richtig gut: Alex und Callum probierten jeder ein Stück. Dann stellte Alex die Zeit auf den Moment zurück, bevor sie den Kuchen angeschnitten hatten, und brachte den unversehrten Kuchen nach nebenan.

Es dauerte eine Weile, bis Mr Kowalski in seinen Pantoffeln über den Flur geschlurft kam, um die Tür zu öffnen. Stirnrunzelnd schaute er auf Alex herunter.

„Was du willst?“, fragte er.

„Ich wollte Ihnen das hier bringen“, sagte Alex und hielt ihm seinen Kuchen hin.

„Das hier?“ Mr Kowalski schaute auf den Kuchen und dann auf Alex. „Ist das Witz oder was?“

„Nein, das ist kein Witz“, erwiderte Alex geduldig. „Das ist ein Kuchen.“

„Aber warum?“, fragte Mr Kowalski misstrauisch. „Warum bringst du mir Kuchen?“

„Weil ich dachte, dass Sie ihn vielleicht mögen“, sagte Alex. „Und ich … ähm …“ Er holte tief Luft. „Ich wollte mich entschuldigen. Für alles, was ich Ihnen in den Garten rübergeschossen habe. Das hat Sie bestimmt geärgert, und ich wollte Ihnen sagen, dass es mir leidtut, wenn ich Ihnen Unannehmlichkeiten gemacht habe.“

Mr Kowalski starrte ihn einen Augenblick an, dann nahm er den Kuchen, drehte sich wortlos um und schloss die Tür hinter sich. Aber das störte Alex nicht. Der alte

Mann konnte so brummig sein, wie er wollte, für ihn blieb er trotzdem ein Held.

Und immerhin hatte er den Kuchen angenommen, brummig hin oder her.

Zwei Stunden später lag Alex auf seinem Bett und lauschte auf die Stimmen seiner Eltern, die sich in der Küche unten stritten. Diesmal ging es um eine Stellenanzeige in der Zeitung, auf die seine Mutter sich bewerben sollte. Mrs Howard sagte, der Job sei zu weit weg und sie wolle nicht den halben Tag mit Fahrerei vergeuden. Und Mr Howard bestand darauf, dass man als Anfänger jeden Job nehmen müsse, den man nur kriegen könne.

Noch brüllten sie sich nicht an, aber das konnte nicht mehr lange dauern. Alex überlegte, ob er sofort runtergehen oder lieber noch warten sollte. Bevor er zu einem Entschluss kam, klingelte es unten an der Haustür.

Mr Howard machte auf. Vor ihm stand Mr Kowalski, aber der alte Mann war kaum wiederzuerkennen. Statt der grauen Strickjacke mit den löchrigen Ellbogen trug er einen sauberen, frisch gebügelten Anzug mit einer Goldkette über der Weste. Mr Kowalski selbst sah auch sauber und frisch gebügelt aus. Er hatte sich rasiert und trug einen Hut, den er abnahm, um Mr Howard zu begrüßen.

„Entschuldigung für Störung, Mr Howard“, sagte er. „Darf ich mit Ihrem Sohn sprechen?“

„Aber ja, natürlich“, sagte Mr Howard und rief die Treppe hinauf: „Alex? Kommst du bitte runter?“ Dann drehte er sich wieder zu Mr Kowalski um. „Hat er was angestellt, Mr Kowalski? Also wenn er Sie geärgert hat, dann …“

„Nein, nein, nix Ärger.“ Mr Kowalski senkte verlegen den Blick. „Hat mir Kuchen gebracht, der Junge.“

„Kuchen?“, fragte Mr Howard verblüfft. „Wieso … Wollen Sie damit sagen, dass er sich einen Scherz erlaubt hat?“

„Nein, war nix Scherz“, versicherte Mr Kowalski. „War Kuchen. Aber ich war nicht höflich. Sehr schlechte Manieren.“ Er hob den Kopf, als Alex auf der Treppe erschien, und lächelte. „Deshalb ich bin jetzt gekommen, um Danke zu sagen.“ Immer noch lächelnd schlug er die Hacken zusammen und verbeugte sich leicht vor Alex. „Und wollte ich noch sagen … dass ich Kuchen sehr zu schätzen weiß.“

„Oh“, sagte Alex. „Gut.“

„Und ich bringe das hier.“ Mr Kowalski holte eine Tüte hervor, griff hinein und nahm einen Kricketball, drei Tennisbälle, ein Frisbee und einen Fußball heraus. „Hab ich gefunden in Garten. Sind deine, was?“

„Ja, super!“ Es war die ganze Ballsammlung, die Alex in den letzten Monaten über den Zaun geschossen hatte. Außer dem Fußball, der noch ziemlich neu aussah. „Der gehört mir nicht“, sagte er und gab ihn zurück.

„Nein?“ Mr Kowalski zuckte leicht mit den Schultern. „Kannst ihn behalten trotzdem, ja? Spiel Fußball mit deinen Freunden.“

„Ja, okay“, sagte Alex. „Vielen Dank auch.“

„Mr Kowalski!“, rief Mrs Howard, die jetzt aus der Küche kam. „Wie schön, dass Sie uns besuchen! Darf ich Ihnen etwas zu trinken anbieten?“

„Also …“ Mr Kowalski zögerte. „Ich will aber keinesfalls stören.“

„Ach, kommen Sie.“ Mrs Howard nahm ihn am Arm und führte ihn den Flur entlang. „Wir haben Sie seit einer Ewigkeit nicht mehr gesehen. Und wir kommen nicht oft zum Reden, stimmt's?“

Mr Kowalski blieb zu einem Drink, dann noch einem, und schließlich blieb er auch zum Abendessen da. Es wurde ein überraschend lustiger Abend. Zu viert saßen sie am Küchentisch und redeten. Über Alex' Kuchen, über die Jobsuche und Arbeit, über Autos … und dann kam das Gespräch auf Callum und seine Unfälle. Mr Kowalski sagte, in seiner Kindheit in Polen seien ihm auch viele Missgeschicke passiert. Dann erzählte Mr Howard, was er als Junge alles angestellt hatte, und das war kein bisschen weniger haarsträubend als die Sachen, die Callum sich leistete. Alex hörte neugierig zu. Das Beste aber war, dass es keinen Streit gab, solange die Erwachsenen sich unterhielten.

Hinterher, als Mr Kowalski fort war und die ganze Familie zusammen den Abwasch machte, sagte Alex' Mutter, wie merkwürdig das alles sei.

„Wieso? Wie meinst du das?“, fragte Mr Howard.

„Na ja“, erklärte sie, „weil wir doch immer dachten, dass Mr Kowalski keine anderen Leute mag. Er lässt nie jemanden in sein Haus, sagt kaum Guten Morgen – und dann kommt er hierher und redet geschlagene drei Stunden lang mit uns. Warum?“

„Vielleicht hat er sich geändert“, sagte Mr Howard. „So wie Callum.“

„Und warum sind ihm Tiere und Kinder so verhasst?“, fuhr Alex’ Mutter fort. „Warum will er sie unbedingt von seinem Garten fernhalten?“

„Ach, es gibt viele Leute, die keine Kinder und Tiere mögen.“ Mr Howard grinste Alex an. „Und das ist ja auch verständlich, oder?“

„Und warum lässt er die ganze Zeit seine Vorhänge zu?“, bohrte Mrs Howard weiter, während sie die letzte Pfanne sauber schrubbte. „Und die Fenster sind auch immer verrammelt. Wenn ich mir vorstelle, was da drin für eine Bruthitze herrschen muss.“

„Vielleicht hat er was zu verbergen“, sagte Mr Howard.

„Was zu verbergen?“ Mrs Howard runzelte die Stirn. „Was denn zum Beispiel?“

„Tja“, seufzte Mr Howard und schüttelte langsam den Kopf, „das werden wir wohl nie erfahren.“

Aber Alex hatte eine Idee: Mit dem Laptop konnte er Mr Kowalskis Geheimnis in null Komma nix lüften.

Kapitel 11

Die Sache ist ganz einfach", sagte Alex am nächsten Morgen auf dem Schulweg zu Callum, „wir müssen nur warten, bis er rausgeht, dann schleiche ich mich ins Haus und sehe mich um. Mal sehen, was er versteckt hat."

„Aber wie willst du reinkommen?", fragte Callum. „Er sperrt doch die Tür zu, wenn er geht."

Daran hatte Alex auch schon gedacht. Zuerst hatte er mit dem Gedanken gespielt, einen Stein durchs Fenster zu werfen und einzubrechen, aber dann hatte er sich ausgerechnet, dass das nicht nötig war.

„Wenn er nur in den Garten rausgeht, sperrt er die Tür nicht ab", erklärte er, „und er ist jeden Tag draußen. Um Punkt vier trinkt er Tee auf seiner Gartenbank und meistens schläft er dann ein. Er bleibt mindestens eine halbe Stunde draußen."

Callum war die Aktion zu riskant und er versuchte Alex davon abzubringen.

„Ach komm", sagte Alex. „Ich verlange ja nicht, dass du mitkommst oder so. Du musst nur Schmiere stehen. Wenn du siehst, dass er ins Haus zurückgeht, drückst du einfach die Tasten. Mehr musst du nicht tun!"

Callum konnte sich trotzdem nicht für den Plan erwärmen.

„Und wenn was schiefgeht ...", sagte er.

„Mann, Callum, hast du's immer noch nicht kapiert? Es macht nichts, wenn was schiefgeht", unterbrach Alex seinen Freund. „Weil du dann nur Strg und Z tippen musst, und alles ist wieder in Ordnung."

Callum seufzte. Seit die Unfälle ausblieben, war sein Leben wunderbar ruhig und friedlich. Er hatte keine Lust, diesen paradiesischen Zustand aufs Spiel zu setzen. Aber wie sollte er seinem Freund, der ihm so oft aus der Klemme geholfen hatte, etwas abschlagen? Erst gestern hatte Alex ihn gewarnt, dass Lilly sich aus ihrem Fenster abseilen wollte.

Lilly ging es inzwischen viel besser und sie platzte schon wieder vor Abenteuerlust. Callum war sofort in ihr Zimmer gegangen, als Alex ihn angerufen hatte. Und tatsächlich – Lilly hatte ein Seil an ihr Bett gebunden und sich das andere Ende um die Taille geschlungen. Gerade wollte sie aus dem Fenster klettern. Callum hatte ihr einen langen Vortrag gehalten, wie idiotisch es war, einen Sturz zu riskieren, wo sie doch eben erst aus dem Krankenhaus zurück war.

Alex hatte die Gefahr vorausgesehen – logisch, denn es war ja bereits passiert und er hatte die Zeit zurückgedreht und es verhindert. Wie sollte Callum also Nein sagen, wenn sein bester Freund ihn um einen Gefallen bat?

„In Ordnung“, stimmte er zu.

„Super“, sagte Alex. „Wir treffen uns um Viertel vor vier in meinem Zimmer.“

Punkt vier tauchte Mr Kowalski mit einem Becher Tee und einer Zeitung unter dem Arm in seiner Hintertür auf. Er schlenderte durch den Garten und machte es sich auf der Bank gemütlich.

Alex und Callum beobachteten ihn von Alex' Schlafzimmerfenster aus.

„Okay ..." Alex zeigte auf den Computerbildschirm auf seinem Schreibtisch. „Die Zeit ist eingestellt. Du weißt, was du tun musst."

„Ich behalte Mr Kowalski im Auge", sagte Callum. „Und wenn ich sehe, dass er ins Haus zurückgeht, drücke ich Strg und Z."

„Und weiter?"

„Wenn du in zehn Minuten nicht zurück bist, drücke ich die Tasten auf jeden Fall, egal ob Mr Kowalski reingeht oder nicht."

„Genau", sagte Alex. „Und guck nicht so ängstlich. Ich hab's dir doch schon tausendmal erklärt: Da kann nichts schiefgehen!"

Alex stürmte die Treppe hinunter und zur Haustür hinaus. Im Vorbeigehen hörte er seine Mum an ihrem geliebten Triumph in der Garage arbeiten. Mit einem zufriedenen Grinsen sprang er über das niedrige Mäuerchen, das Mr Kowalskis Grundstück von seinem trennte. Wenige Sekunden später stand er vor der Hintertür von Nummer 16, drückte sie leise auf und schlich hinein.

In Mr Kowalskis Küche war es dunkel, nur durch die Vorhänge und Jalousien sickerte spärliches Licht herein. Alex wartete, bis seine Augen sich daran gewöhnt hatten. Der Raum war sauber und ordentlich. Alles sah ganz normal und aufgeräumt aus. Nachdem Alex sich einen Augenblick umgesehen hatte, ging er in den Flur hinaus.

Dort war es noch dunkler, aber das störte ihn nicht. Er fand sich gut zurecht, denn die Häuser in der Oakwood-Close-Siedlung waren alle nach demselben Grundriss gebaut. Alex warf einen Blick ins Esszimmer, dann ging er ins Wohnzimmer.

In diesem Raum war es so finster, dass Alex kaum die Hand vor den Augen sah. Ein seltsamer, modriger Geruch hing in der Luft, den er nicht einordnen konnte. Er überlegte, ob er das Licht anknipsen sollte, ließ es aber sein, weil Mr Kowalski es vielleicht vom Garten aus sehen konnte. Stattdessen ging er zum Fenster, um einen der Vorhänge aufzuziehen. Aber es ging nicht. Der Vorhang ließ sich nicht bewegen. Er tastete mit der Hand herum und stellte fest, dass der Stoff am Fenstersims festgenagelt war.

Warum hatte er keine Taschenlampe mitgenommen? So was Blödes! Selbst als seine Augen sich an die Dunkelheit gewöhnt hatten, erkannte er nur vage Umrisse.

Langsam wurde ihm mulmig. Er überlegte gerade, ob er die Suche abbrechen und nach Hause zurückgehen sollte, als er erstarrte. Was war das für ein Geräusch? Da, schon wieder! Ein leises Rascheln, so schwach, dass er es im ersten Moment für Einbildung hielt – aber nein, da war es …

Da war etwas im Zimmer. Und es bewegte sich. Ganz leise nur, aber es kam eindeutig auf ihn zu.

Nichts wie weg!, dachte Alex und machte einen Schritt auf die Tür zu. Das heißt, er *wollte* laufen, aber seine

Beine gehorchten ihm nicht. Er konnte machen, was er wollte, er kam einfach nicht vom Fleck. Und jetzt merkte er auch, warum: Etwas Weiches hatte sich um seine Waden geschlungen. Er griff danach und spürte warme, raue Haut unter seinen Fingern.

Er wusste sofort, was es war.

Eine Schlange.

Und zwar eine große Schlange. Zwei Ringe schnürten ihm die Waden zusammen, jeder so dick wie ein Baumstamm und bleischwer. Er wollte die Ringe wegdrücken, kam aber nicht dagegen an. Genauso gut hätte er sich gegen die Wand stemmen können. Vielmehr zogen sich die Schlingen noch enger zu. Der Druck auf seine Beine nahm zu. Jetzt waren es nicht mehr zwei, sondern drei Ringe – und sie bewegten sich, wanden sich langsam an seinem Körper hinauf.

Alex hatte das Geheimnis gelüftet. Er wusste jetzt, warum Mr Kowalski seine Türen und Fenster geschlossen hielt. Wer eine große Schlange im Haus hatte, musste natürlich aufpassen, dass sie nicht ins Freie entwischen konnte. Und er durfte auch niemanden zu sich hereinlassen. Wahrscheinlich war es verboten, große, gefährliche Tiere im Haus zu halten, und groß war die Schlange, die sich um seine Beine ringelte, auf jeden Fall …

Aus den drei Ringen waren inzwischen vier geworden und sie bewegten sich immer noch. Als sie ihm über die Hüfte gingen, riss Alex den Mund auf und schrie um Hilfe. Er brüllte, so laut er konnte – ob Mr Kowalski ihn erwischte oder nicht, war ihm jetzt egal. Im Gegenteil, er betete, dass der alte Mann hereinkam. Aber nichts rührte sich. Niemand kam. Die Häuser in der Siedlung hatten Doppelglasfenster, die absolut schalldicht waren, und niemand hörte ihn.

Die Ringe reichten ihm jetzt bis an die Brust und zogen sich immer enger zu. Alex bekam kaum noch Luft. Er überlegte fieberhaft. Wie lange würde es dauern, bis Callum merkte, dass er nicht zurückkam, und die Zeit zurückstellte? Er hatte seinem Freund eingeschärft, zehn Minuten zu warten, aber jetzt dämmerte ihm, dass es bis dahin vielleicht zu spät sein könnte.

Ob es auch klappte, wenn man bereits tot war? Würde der Laptop ihn wieder zum Leben erwecken, wenn Callum die Tasten drückte und die Zeit zurückdrehte? Alex und Callum hatten Witze über diese Möglichkeit gerissen, aber jetzt war es leider kein Spaß mehr …

Die Ringe schnürten ihm die Brust zu. Seine Arme waren an den Seiten wie festgenagelt und atmen war fast unmöglich. Er musste seine ganze Kraft aufbieten, um den Brustkorb weit genug zu dehnen, dass er kurz nach Luft schnappen konnte. Schreien konnte er längst nicht mehr. Ob Schlangen ihre Opfer bei lebendigem Leib verschlangen? Keine angenehme Vorstellung. Dann doch lieber ein schneller Tod – mit einem Stück Abflussrohr eins über den Schädel bekommen, zum Beispiel …

Allmählich wurde selbst das Denken schwierig. Vor seinen Augen tanzten kleine bunte Lichter und dann …

… ging plötzlich ein grelles Licht an und er hörte eine Stimme fluchen: „Boze moje!“

„Alex?“ Mr Kowalskis Gesicht tauchte vor ihm auf, schwebte leicht verschwommen über ihm. „Nicht bewegen, ja? Hörst mich, Junge? Halt still, ja?“

Eine Ermahnung, die Alex ziemlich überflüssig fand – als könnte er auch nur einen Finger rühren.

„Oh, du böser Junge. Bist sehr, sehr böser Junge!“, rief Mr Kowalski.

Alex wollte schon eine Entschuldigung krächzen, als ihm klar wurde, dass Mr Kowalski mit der Schlange redete und nicht mit ihm. Er hielt sie am Schwanzende fest und wickelte beim Sprechen behutsam die Ringe auseinander. Es dauerte nicht lange, bis der Druck auf Alex' Brust nachließ und er wieder atmen konnte. Keuchend sackte er auf dem Boden zusammen, dann richtete er sich auf und konnte die Schlange zum ersten Mal richtig sehen.

Sie war riesig, mindestens zehn Meter lang. Ihr Körper bedeckte fast den ganzen Boden. Mr Kowalski hatte sich einen Teil davon über die Schulter geschlungen, schleifte die Schlange durchs Zimmer und stopfte sie in eine riesige Holztruhe. Sobald er einen der Ringe hineindrückte, glitt ein anderer wieder heraus, und Mr Kowalski packte ihn energisch und stopfte ihn zurück. Die ganze Zeit schimpfte er mit der Schlange wie mit einem unartigen Kind.

Endlich hatte Mr Kowalski die ganze Schlange in der Kiste verstaut, den Deckel zugeknallt und den Riegel vorgeschoben. Er kam zu Alex zurück, ging vor ihm in die Hocke und starrte ihm besorgt in die Augen.

„Wie geht's dir, Alex? Bist du in Ordnung?"

„I-ich glaub schon."

„Ich bin Dummkopf. Oh, ich bin solcher Dummkopf!" Mr Kowalski schlug sich mit aller Kraft ins Gesicht. „Hab ich doch gewusst, dass eines Tages wird so was passieren. Du wartest hier. Ich dir hole was zu trinken."

Mr Kowalski verließ das Zimmer, kam aber sofort mit einem Glas Wasser zurück. Alex nippte dankbar daran.

„Es tut mir leid, Mr Kowalski", sagte er. „Ich hätte nicht hier reinkomm…"

„Nein, nein!" Mr Kowalski wehrte mit der Hand ab. „Ist alles meine Schuld. Du bist kleiner Junge. Willst wissen, warum alter Mann nebenan in Haus lebt mit Vorhänge und Fenster zu. Du bist neugierig. Ist normal." Wieder schlug er sich ins Gesicht. „Hab ich doch gewusst, dass eines Tages so wird kommen."

Alex hatte sich allmählich wieder gefangen. „Was … was für eine Schlange ist das?", fragte er.

„Ist Felsenpython", erklärte Mr Kowalski. „Ist größte Schlange von Afrika." Jetzt lag unverkennbar Stolz in seiner Stimme.

„Warum … ähm … wo haben Sie die her?"

„Ah, ist lange her. Zwanzig Jahre." Seufzend setzte sich Mr Kowalski neben Alex, den Rücken an die Wand gelehnt. „Als ich gekommen bin in dieses Land, ich hatte keine Familie, keine Freunde, nix. Niemand. Nur Saskia."

„Saskia?“

Mr Kowalski nickte. „Maschinist auf Schiff hat sie mir gegeben. Ich sie behalte in meiner Tasche. Rede mit ihr. Erzähle ihr alle meine Sorgen. Frage sie, was ich tun soll. Schläft mit mir in Bett, Schlange. Rollt sich vor meinen Füßen zusammen …“ Er lächelte. „Ist guter Freund für mich. Aber dann, mit der Zeit, wird immer größer, Saskia.“ Mr Kowalskis Lächeln erlosch. „Wächst und wächst und wird riesengroß. Meine Tochter, sie sagt: Ist gefährliches Tier. Ist gegen Gesetz. Du musst weggeben Schlange! Aber wie kann ich das machen? Saskia ist Freund. Kann ich nicht weggeben einen Freund, oder? Meine Tochter, sie sagt: Ich besuche dich nicht mehr, wenn du behältst Schlange. Du kannst wählen. Ich sage: ‚Okay, dann wähle ich Schlange.‘“ Mr Kowalski stieß einen tiefen Seufzer aus. „Dann Saskia frisst Hund auf.“

„Was? Einen Hund?“, sagte Alex. „Sie hat einen Hund gefressen?“

Mr Kowalski nickte wieder. „Ich mache alles, um Schlange drinzuhalten. Ich schließe alle Fenster und versperre Türen, aber eines Tages sie entwischt in Garten. Schnappt Hund von Mrs Penrose und verschlingt ihn. Dann ich habe Zaun mit Stacheldraht gebaut. Soll Tiere fernhalten. Und Kinder. Will ich nicht, dass Schlange Kinder frisst. Gebe ihr immer viel zu fressen, dann Saskia ist nicht so hungrig. Aber durch vieles Fressen sie wird noch größer. Ich mache Vorhänge an Fenster, damit niemand Schlange sieht. Ich mache dunkel in Haus, dann sie bewegt sich weniger, aber … Ich weiß nicht … Kann trotzdem was schiefgehen.“

Mr Kowalski warf Alex einen Blick zu. „Meine Tochter sagt, ich soll sie an Zoo geben, aber wie? Wenn ich anrufe in Zoo, kommt vielleicht Polizei. Muss ich ins Gefängnis oder so. Vielleicht, wenn ich sicher weiß, dass ich nicht ins Gefängnis komme, dann würde ich es tun, aber ich glaube …“

Alex erfuhr nie, was Mr Kowalski glaubte, denn im nächsten Moment war der alte Mann verschwunden, samt seinem Haus und Wohnzimmer, und Alex stand vor dem Schreibtisch in seinem Schlafzimmer, Callum an seiner Seite.

„Ich behalte Mr Kowalski im Auge“, sagte Callum gerade. „Und wenn ich sehe, dass er ins Haus geht, drücke ich Strg und Z.“

Alex brauchte einen Augenblick, um sich in der Zeit zu orientieren.

„Und warum hast du's dann nicht gemacht?“

„Was?“

„Warum hast du die Tasten nicht gedrückt?“, fragte Alex. „Mr Kowalski ist ins Haus zurückgekommen, aber du hast nichts gemacht.“

Callum dachte einen Augenblick nach. „Soll das heißen, dass du schon dort warst und wieder zurück bist?“, fragte er schließlich.

„Genau“, bestätigte Alex. „Nur wäre ich diesmal fast nicht zurückgekommen. Was war denn los?“

„Ich weiß nicht", sagte Callum. „Ich hab nichts gemacht, okay?" Er runzelte die Stirn. „Aber ich muss doch Strg und Z gedrückt haben, sonst wärst du ja nicht zurückgekommen, wo immer du auch warst."

Dagegen konnte Alex nichts einwenden. „Ja, okay", sagte er, „wahrscheinlich hast du die Tasten gedrückt, aber erst als es schon fast zu spät war."

„Das tut mir leid, Alex", sagte Callum. „Aber wenn ich nicht rechtzeitig gedrückt habe, dann … Ich weiß auch nicht, dann muss mich der Blitz getroffen haben oder so. Ich würde dich doch nie im Stich lassen …"

„Nein, nein, klar …" Alex hatte sich jetzt wieder einigermaßen gefangen. „Tut mir leid. Ich bin nur ein bisschen … Diese Schlange hätte mich fast umgebracht, verstehst du?"

„Was für eine Schlange?", fragte Callum mit großen Augen.

Alex holte tief Luft und erzählte Callum von seinem Erlebnis mit der Schlange: wie er sich nicht mehr hatte rühren können und keine Luft mehr bekam, wie Mr Kowalski in letzter Sekunde aus dem Garten hereingekommen war …

Aber dann, mitten im schönsten Erzählen, wurde er von seiner Mutter unterbrochen.

„Ich brauche jemanden, der den Auspuff festhält, bis ich die Halterung angeschraubt habe", sagte sie und schaute Alex an. „Na, was ist?"

„Kann ich das nicht später machen?", seufzte Alex. „Ich muss erst Callum was erzählen …"

„Ach komm schon." Mrs Howard klappte mit einer Hand energisch den Computer zu, packte Alex an der Schulter und zog ihn aus dem Zimmer. „Es dauert auch nicht lange. Fünf Minuten, höchstens zehn."

„Ich glaub, ich weiß jetzt, warum du nicht gleich die Zeit zurückgestellt hast", sagte Alex leise zu Callum, der hinter ihm zur Garage hinuntertrottete.

Am Abend, als Alex schon im Bett lag und über die Ereignisse des Tages nachdachte, überlegte er, wie er sich bei Mr Kowalski bedanken sollte. Der alte Mann hatte ihm schon zweimal in höchster Not beigestanden. Er hatte Lilly aus der brennenden Küche und ihn selbst aus den Fängen einer Riesenschlange gerettet. Aber wie sollte er Mr Kowalski für etwas danken, wovon er gar nichts wusste?

Diesmal wollte er mehr für ihn tun, als nur einen Kuchen zu backen.

Und plötzlich wusste er, wie er seinem Nachbarn helfen konnte. Was hatte Mr Kowalski gesagt, als er neben ihm auf dem Wohnzimmerteppich gesessen hatte? Ganz am Schluss, bevor er verschwunden war? Wenn er sicher wüsste, dass er nicht ins Gefängnis käme, würde er die Schlange in den Zoo bringen, wie es ihm seine Tochter geraten hatte …

Wie schwer konnte es sein, ihm diese kleine Information zu beschaffen?

Kapitel 12

Gleich nach dem Frühstück am nächsten Morgen rief Alex die Polizei an. Er wählte die Nummer, die nicht für Notrufe bestimmt war, und gab seinen Namen und seine Adresse an. Dann fragte er, was seinem Nachbarn schlimmstenfalls passieren könnte, falls er einen Felsenpython im Haus hielte.

Die Frau am Telefon erklärte rundheraus, dass es gesetzeswidrig sei, Tiere zu halten, die eine Gefahr für andere darstellten. „Die Schlange wird natürlich konfisziert", sagte sie, „und dein Nachbar muss eine Buße bezahlen oder er kommt sogar ins Gefängnis." Alex bedankte sich, legte den Hörer auf und ging an seinen Computer.

Als Erstes musste er die Zeit um fünf Minuten zurückstellen, um seinen Anruf rückgängig zu machen. Aber der Laptop ließ sich nicht einschalten. Alex drückte mehrmals hintereinander auf ON, doch der Bildschirm blieb leer und kein grünes Licht zeigte an, dass der Computer hochgefahren wurde.

Im ersten Moment geriet Alex in Panik. Dann wurde ihm klar, was passiert war. Nach der ganzen Aufregung gestern hatte er vergessen, den Laptop abends auszuschalten, und jetzt war der Akku leer. Er musste das Gerät nur schnell aufladen, dann konnte er die Zeit zurückstellen.

Doch wo war das Netzkabel? Er suchte ein paar Minuten in seinem Zimmer, dann fiel ihm ein, dass er das Kabel gestern bei Callum zu Hause vergessen hatte.

„Drück deiner Mutter die Daumen", sagte sein Vater, als Alex die Treppe herunterkam.

Mrs Howard stand in einem schicken schwarzen Anzug und einer weißen Bluse in der Haustür und sah ziemlich nervös aus.

„Sie hat gleich ein Vorstellungsgespräch“, sagte Mr Howard. „Und diesmal kriegt sie den Job, was, meine Liebe?“ Er strahlte seine Frau an. „Vergiss nicht: Wenn dein Wagen zusammenbricht oder sonst was passiert, dann ruf mich an. Ich komme sofort und hole dich.“

Alex winkte seiner Mutter von der Einfahrt aus zu und ging die Straße hinauf zum Haus der Bannisters. Aber dort machte niemand auf. Die Einfahrt war leer, die Bannisters waren also weggefahren. Alex wartete eine Weile, falls sie nur schnell beim Einkaufen waren, aber niemand ließ sich blicken.

Schließlich ging er nach nebenan zu Mrs Penrose und fragte nach den Bannisters. Sie konnte ihm nur sagen, dass die ganze Familie heute Morgen um neun Uhr dreißig mit dem Auto weggefahren war. Wann sie zurückkommen würden, wusste sie nicht.

Alex lungerte noch eine Weile vor dem Haus herum. Dann ging er endlich heim. Dort wartete die nächste Überraschung auf ihn: Ein Polizist saß bei seinem Vater in der Küche.

„Das ist Constable Williams“, erklärte Mr Howard. „Er sagt, dass du vor einer halben Stunde die Polizei angerufen hast.“

„Ähm … ja“, murmelte Alex.

„Du hast am Telefon gesagt …“ Constable Williams

schaute in sein Notizbuch, „also, du wolltest wissen, was deinem Nachbarn passiert, wenn die Polizei erfährt, dass er einen meterlangen Riesenpython ohne Genehmigung in seinem Haus hält, und dass diese Schlange bereits einen Hund gefressen hat. Ist das wahr?“

„Ähm … ja“, gab Alex zu.

„Kannst du mir dann bitte sagen, um welchen Nachbarn es sich dabei handelt?“

„Du meinst doch nicht etwa Mr Kowalski?“, sagte Mr Howard und starrte seinen Sohn an. „Oder etwa doch?“

„Ähm … ja“, sagte Alex.

„Und du hast die Schlange gesehen?“, fragte der Polizist.

„Ähm … ja.“

Alex brauchte nicht zu lügen. Sobald er das Kabel für seinen Laptop in die Finger bekam, würde er sowieso alles ungeschehen machen. Auf diese Weise würde er wenigstens erfahren, was die Polizei nun wirklich mit Mr Kowalski und seinem Python machen würde.

Constable Williams wandte sich an Mr Howard. „Und wo wohnt dieser Mr Kowalski genau?“

„Nummer 16“, erwiderte Mr Howard. „Gleich nebenan.“

„Gut.“ Der Polizist steckte sein Notizbuch weg. „Also, dann gehe ich jetzt rüber und rede mit ihm. Mal sehen, was er dazu zu sagen hat.“ Er lächelte Alex an. „Mach dir keine Sorgen, mein Junge. Du hast genau das Richtige gemacht.“

Eine Stunde später standen drei Polizeiwagen auf der Straße, außerdem ein Kleinbus mit vergitterten Fenstern.

Alex beobachtete vom Wohnzimmerfenster aus, wie vier kräftige Polizisten eine riesige Segeltuchtasche von der Größe eines Zelts aus Mr Kowalskis Haus trugen. Mr Kowalski folgte ihnen. Er sah kreidebleich aus, als Constable Williams ihn in einen der Polizeiwagen bugsierte. So schrecklich alt und klein und zerbrechlich, dass Alex' Magen sich zusammenkrampfte. Es wurde höchste Zeit, das Ganze ungeschehen zu machen.

Den ganzen Vormittag radelte er alle fünfzehn Minuten zu Callum und schaute nach, ob er zurückgekommen war, aber weder sein Freund noch sonst jemand von der Bannister-Familie ließ sich blicken. Als Alex zum Mittagessen nach Hause kam, erfuhr er auch, warum.

„Callum hat angerufen", sagte Mr Howard. „Schlechte Nachrichten, fürchte ich. Lilly hat sich heute Morgen das Bein verletzt, weil sie auf einem Teetablett die Treppe runtergerutscht ist, und sie mussten mit ihr ins Krankenhaus. Ich soll dir ausrichten, dass der Unfall um neun Uhr siebenundzwanzig passiert sei. Aus irgendeinem Grund war es ihm sehr wichtig, dass ich dir die genaue Zeit sage."

„Oh", sagte Alex. „Danke."

„Heute kommt aber auch alles zusammen, was?", sagte Mr Howard. „Erst wird Mr Kowalski verhaftet, dann landet Lilly im Krankenhaus. Nur bei uns gibt's was zu feiern." Er zeigte auf den Tisch, auf dem eine Flasche Champagner und zwei Gläser bereitstanden. „Deine Mutter hat den Job bekommen!"

„Ehrlich?"

„Ja. Aber sie weiß nicht, dass wir es schon wissen. Du musst also den Überraschten spielen, wenn sie es uns erzählt." Sein Dad strahlte. „Ich kenne den Chef der Firma, bei der sie sich bewirbt. Gestern hat er mir verraten, dass er ihr den Job auf jeden Fall geben wird. Die anderen Bewerber hat er gar nicht erst zum Vorstellungsgespräch eingeladen. Er sagt, es sei eine reine Formalität."

Alex war froh, dass er wenigstens in diesem Fall nichts unternehmen musste.

Doch das erwies sich als Irrtum. Als seine Mutter nach Hause kam, sagte sie, dass sie den Job doch nicht bekommen hatte.

„Der Mann war sehr nett", erzählte sie, während sie im Flur stehen blieb, um ihre Schuhe zu wechseln. „Es tut ihm leid, hat er gesagt, ich sei in die engste Auswahl gekommen, aber die Konkurrenz ist natürlich groß. Na ja, macht nichts, dann klappt es eben das nächste Mal. Kann mal jemand den Teekessel aufsetzen?"

„Wie bitte? Der Mann hat gesagt, die Konkurrenz sei zu groß?", hakte Mr Howard nach.

„Ja … er hat mindestens zehn Bewerber zum Vorstellungstermin eingeladen." Mrs Howard schlüpfte in ihre Pantoffeln. „Aber keine Angst, das wird schon noch."

„Du warst gar nicht dort, stimmt's?", sagte Mr Howard mit leiser Stimme.

„Was?"

„Du warst nicht beim Vorstellungsgespräch. Du bist nie dort aufgetaucht!"

„Ich weiß nicht, wovon du redest." Mrs Howard stieß ein gequältes Lachen aus. „Natürlich war ich dort. Ich hab dir doch gesagt ..." Plötzlich verstummte sie und atmete tief aus. „Nein", sagte sie langsam. „Du hast Recht. Ich war nicht beim Vorstellungsgespräch."

Alex wartete darauf, dass sein Vater explodierte, aber er antwortete nur ganz ruhig: „Und warum nicht, wenn ich fragen darf?"

„Weil ich den Job nicht wollte, okay?", sagte Mrs Howard scharf. „Ist ja schließlich mein Leben, oder nicht? Und meine Entscheidung. Ich werde wohl noch selbst bestimmen dürfen, welchen Job ich will!"

Dann ging sie in die Küche und setzte den Teekessel auf. Mr Howard starrte ihr nach. Alex befürchtete, dass er gleich losschreien würde, aber das tat er nicht. Stattdessen ging er ins Esszimmer und schloss die Tür hinter sich. Alex blieb allein im Flur zurück. Es war sehr still im Haus, aber es war keine gute Stille. Alex wäre es fast lieber gewesen, wenn sie sich angeschrien hätten.

Langsam ging er nach oben. Es wurde wirklich Zeit, dass er das Netzkabel zurückbekam, sonst sah er schwarz.

Wenn sein Laptop wieder funktionierte, wäre alles ganz einfach. Er konnte den Anruf bei der Polizei ungeschehen machen, damit Mr Kowalski nicht verhaftet wurde. Er konnte Callum warnen, dass Lilly nicht auf dem Tablett die Treppe hinunterrutschen durfte. Und er konnte seiner Mum sagen, dass sein Dad bereits wusste, dass sie den Job bekommen würde. Dann brauchte sie wenigstens nicht so zu tun, als sei sie dort gewesen, obwohl es gar nicht stimmte.

Wenn doch nur Callum endlich aus dem Krankenhaus zurückkommen würde!

Aber Alex wartete vergeblich.

Um fünf Uhr kam Mrs Penrose, Callums Nachbarin, von einem Spaziergang mit Jennings und Mojo zurück. Mr Bannister hatte sie aus dem Krankenhaus angerufen und ihr gesagt, dass es Komplikationen gegeben habe und dass sie noch dableiben müssten, bis alles geklärt sei. Er hatte sie gebeten, nach Mojo zu sehen, bis sie zurück seien. Als Alex das hörte, wurde ihm klar, dass er sich irgendwo ein anderes Netzkabel besorgen musste.

Zu Hause redeten seine Eltern immer noch nicht miteinander und Alex beachteten sie auch nicht. Seine Mum war in der Garage, polierte die Chromteile an ihrem Triumph und stellte sich taub, als er sie fragte, wo er ein neues Kabel herbekommen könne. Er musste die Frage zweimal wiederholen, bis sie endlich antwortete, dass sie keine Ahnung habe. Sein Vater, der im Esszimmer saß und mit leeren Augen aus dem Fenster starrte, war auch keine große Hilfe. Er sagte, es sei jetzt zu spät, einkaufen zu gehen, und nein, er habe kein Ersatzkabel da, das in den Stecker des Laptops passte.

Die Lage war ernst, aber nicht verzweifelt. Eines hatte Alex in den letzten Wochen gelernt: Es war sinnlos, sich aufzuregen. Wozu auch, wenn er doch einen Computer besaß, mit dem er die Zeit zurückdrehen und dafür sorgen konnte, dass nichts Schlimmes passierte? Solange Callum vor Mitternacht zurückkam, ließen sich alle Katastrophen, die an diesem Tag passiert waren, mit einem Tastendruck wieder ungeschehen machen.

Und selbst wenn nicht, hatte er einen Plan B.

Diesen Notfallplan hatte Alex von Anfang an im Hinterkopf gehabt. Wenn die Bannisters nicht rechtzeitig zurückkamen, würde er einfach in ihr Haus einbrechen und das Kabel selbst holen. Er hatte schon den ganzen Nachmittag mit diesem Gedanken gespielt, hielt es aber für besser, noch abzuwarten. Wenn er schon etwas Illegales tun musste, solange der Laptop außer Betrieb war, wollte er lieber warten, bis es dunkel wurde.

Um zehn Uhr abends stand Alex schließlich auf, schlich die Treppe hinunter, nahm eine Taschenlampe aus der Schublade, zog eine Jacke über seinen Schlafanzug und ging leise zur Hintertür hinaus.

Callums Haus lag im Dunkeln. Die Einfahrt war immer noch leer. Die Bannisters waren also noch im Krankenhaus. Leise schlich Alex ums Haus herum. Auf der Terrasse entdeckte er, dass es gar nicht nötig war, ein Fenster einzuschlagen. Die Bannisters hatten in der Eile die Tür angelehnt gelassen. Alex musste sie nur noch aufstoßen und hineingehen.

Im Licht der Taschenlampe schlich er die Treppe zu Callums Zimmer hinauf. Dort hatte er das Kabel in der Steckdose an der Wand stecken lassen, und wenn er Glück hatte, war es noch da.

Aber er hatte kein Glück.

Callum musste es herausgenommen haben. Alex blickte sich im Zimmer um. Er suchte zehn Minuten lang, bis die Taschenlampe den Geist aufgab. Schließlich zog er die Vorhänge zu und knipste die Deckenlampe an, in der Hoffnung, dass niemand draußen das Licht bemerkte.

In der nächsten halben Stunde stellte er Callums ganzes Zimmer auf den Kopf. Er suchte in jeder Schublade und jedem Schrankfach, schaute in und unter dem Bett nach, durchwühlte alle Kartons, die im Schrank gestapelt waren, und zog sogar das Bücherregal von der Wand weg, falls das Kabel versehentlich dahintergefallen war. Aber nichts. Kein Netzkabel weit und breit.

Allmählich wurde ihm richtig mulmig. Warum war er nicht früher hergekommen, auch wenn es noch so riskant war? Und warum hatte er Callum nicht im Krankenhaus angerufen? Oder seinen Vater überredet, dass er gleich nach dem Mittagessen mit ihm in die Stadt fuhr, um ein neues Kabel zu kaufen? Aber das Dümmste war, dass er gestern Abend den Laptop nicht ausgeschaltet hatte. Wie hatte er nur so viele Fehler auf einmal machen können?

In seiner Verzweiflung dehnte er die Suche auf das ganze Haus aus. Er ging die Treppe hinunter und schaute im Wohnzimmer und im Flur nach. Er drehte alle Lampen an, durchsuchte die Küche und das Esszimmer, dann fing er noch mal von vorne an und kämmte alle Räume ein zweites Mal durch. Er suchte und suchte, bis die Großvateruhr im Flur der Bannisters zwölfmal schlug.

Schnell schaltete er den Fernseher im Wohnzimmer ein, um die Zeit zu überprüfen. Tatsächlich: Mitternacht war vorbei. Was jetzt? Mit dem Laptop konnte er zwar die Zeit zurückdrehen, aber nicht das Datum verändern; das hatte er bereits am ersten Tag herausgefunden. Er konnte nur die Ereignisse rückgängig machen, die innerhalb ein- und desselben Tages eintraten.

Völlig erschöpft ließ er sich in einen Sessel fallen. Selbst wenn er das Kabel jetzt fand, wäre es zu spät.

Mr Kowalskis Verhaftung, Lillys verletztes Bein, seine Eltern, die nicht mehr miteinander redeten ... Das alles war Wirklichkeit geworden und er konnte nichts dagegen tun.

Der Tag war vorbei und es gab kein Zurück mehr.

Zu Hause öffnete Alex leise die Hintertür, hängte seine Jacke auf und schlich auf Zehenspitzen durch den Flur. Plötzlich flog die Esszimmertür auf.

„Alex?" Mr Howard stand im Morgenmantel in der Tür. Auf dem Sofa hinter ihm konnte Alex sein zerwühltes Bettzeug liegen sehen.

„Kannst wohl auch nicht schlafen, was?", fragte sein Vater und legte Alex die Hand auf die Schulter. „Na komm, wir machen uns was Heißes zu trinken, das muntert uns ein bisschen auf."

Niedergeschlagen saß Alex da, während sein Vater in der Küche hantierte, zwei Becher holte und Milch in der Mikrowelle erwärmte. So wie die Dinge standen, brauchte es mehr als einen Becher heiße Schokolade, um ihn aufzumuntern. Es war der schlimmste Tag in seinem Leben. Schlimmer als der Tag, an dem er sich als dreijähriger Knirps am Strand verirrt hatte, ja, sogar noch schlimmer als …

Plötzlich erstarrte er: Vor ihm auf dem Küchentisch lag das schwarze Netzkabel, mit dem sein Laptop aufgeladen wurde.

Er nahm es in die Hand. „Wie … wie kommt denn das hierher?“, fragte er.

„Mrs Penrose hat es gebracht.“ Sein Vater starrte auf die Mikrowelle, um die Milch im Auge zu behalten. „Das ist das Kabel für deinen Laptop. Du hast es bei Callum liegen lassen.“

„Wann hat sie es rübergebracht?“

„Gegen halb zehn, glaube ich.“ Mr Howard löffelte Kakaopulver in die beiden Becher. „Callum hat sie aus dem Krankenhaus angerufen. Er dachte, du brauchst es vielleicht, und da hat er sie gebeten, das Kabel aus seinem Zimmer zu holen und rüberzubringen. Die Bannisters bleiben heute Nacht im Krankenhaus bei Lilly.“

„Warum …“ Alex starrte immer noch das Kabel an. „Warum hast du mir das nicht gesagt?“

„Weil du schon im Bett warst natürlich.“ Mr Howard brachte die Kakaobecher an den Tisch. „Und ich dachte, du brauchst deinen Schlaf, besonders nach einem Tag wie heute.“ Seufzend setzte er sich auf einen Stuhl. „Das war für uns alle kein Zuckerschlecken, Alex. Ganz und gar nicht.“

Alex starrte düster auf das Kabel in seiner Hand. Der Moment, als es im Flur der Bannisters zwölf Uhr geschlagen hatte, war ein Albtraum gewesen, und trotzdem fühlte er sich jetzt noch schlechter, obwohl er das nie für möglich gehalten hätte. Aber er irrte sich heute nicht zum ersten Mal. Er hatte so viele unverzeihliche Fehler gemacht.

Dabei lag das Computerkabel seit drei Stunden auf dem Tisch bereit. Und er hatte nichts davon gewusst! Jetzt war es zu spät …

„Das ist alles meine Schuld“, stieß er verzweifelt hervor.

„Wieso? Was denn?“

„Alles“, sagte Alex. „Lillys Unfall, Mr Kowalskis Verhaftung und das mit Mum und dir … an allem bin ich schuld.“

„Na, jetzt übertreibst du aber.“ Mr Howard stellte seinen Kakaobecher ab und schaute seinen Sohn an. „Mr Kowalski wurde verhaftet, weil er einen gefährlichen Python in seinem Haus gehalten hat – das ist seine Schuld, nicht deine. Und was kannst du dafür, wenn Lilly die Treppe runterfällt? Na, und was deine Mum und mich betrifft … Ich fürchte, das haben wir ganz alleine verbockt.“ Er lächelte Alex müde an. „Wenn du mich fragst, bist du der Einzige, der sich heute überhaupt nichts vorzuwerfen hat.“

Aber das stimmte leider nicht. Wenn Alex nur besser aufgepasst hätte, wäre das alles nie passiert. Wenn er den Laptop angemacht hätte, bevor er die Polizei angerufen hatte … Und das Kabel nicht bei Callum gelassen hätte … Wenn er sich früher um Ersatz gekümmert hätte …

Er hatte so viel falsch gemacht.

Kapitel 13

Beim Frühstück am nächsten Morgen redeten seine Eltern immer noch nicht miteinander. Die Luft war zum Schneiden dick und Alex atmete auf, als seine Mutter zur Arbeit ging, sein Vater sich zu einem Spaziergang verabschiedete und er allein im Haus war.

Er sehnte sich danach, mit jemandem zu reden. Nur mit wem?

Der Einzige, der ihn verstehen konnte, war Callum. Aber Alex war so zerknirscht wegen Lillys Unfall, dass er seinem Freund nicht in die Augen sehen konnte, selbst wenn er jetzt wieder zu Hause war. Und sonst wusste niemand von dem Laptop, niemand konnte verstehen, wie ihm zumute war …

Nein, das stimmte nicht. Er hatte ja noch seinen Patenonkel! Vielleicht konnte Onkel John ihm einen Rat geben. Alex war schon auf dem Weg nach oben, um eine E-Mail zu schreiben, als es an der Haustür klopfte.

Auf der Treppe stand ein hochgewachsener Mann, der ganz in Schwarz gekleidet war: Er trug einen langen schwarzen Mantel über einem schwarzen Hemd und einer schwarzen Hose, dazu blank geputzte schwarze Schuhe und einen breitkrempigen schwarzen Hut auf seinem grau melierten Haarschopf. Zwei tiefschwarze Augen blitzten Alex aus dem zerfurchten Gesicht mit dem dichten grauen Bart an.

„Hallo, Alex“, sagte der Mann und seine Stimme hallte laut im Flur wider.

Es dauerte einen Augenblick, bis Alex begriff, wen er

vor sich hatte. Er erkannte das Gesicht von einem Foto, das auf dem Kamin im Wohnzimmer stand.

„Onkel John?“

„Du sagst es!“ Der Mann trat in den Flur. „Ich habe deine E-Mail bekommen, und es hörte sich so an, als ob du dringend Hilfe brauchst.“

„E-Mail?“, fragte Alex stirnrunzelnd. „Aber ich hab doch noch gar keine geschrieben.“

„Ja, ich weiß, du schickst sie in ungefähr einer Stunde.“ Alex’ Patenonkel zog einen kleinen Palmtop aus seiner Tasche und betrachtete ihn. „Aber da ich sowieso vorbeikommen wollte, habe ich die Zeit zurückgestellt, um gleich hier zu sein.“

Alex starrte auf den winzigen Mini-Computer. „Ist das da …“

„Das ist das neue Modell“, erklärte sein Patenonkel. „Lässt sich leichter mitnehmen. Deshalb hab ich dir den alten überlassen. Weil ich dir die Möglichkeit geben wollte, ein paar nützliche Fehler zu machen.“ Er strahlte Alex an. „Wo sind deine Eltern?“

Alex sagte ihm, dass seine Mutter bei der Arbeit war und sein Vater einen Spaziergang machte.

„Ausgezeichnet!“, sagte Onkel John. „Dann können wir ja ungestört reden.“

Während Onkel John in der Küche Kaffee kochte und sich belegte Brote dazu machte, sprudelte Alex alles hervor, was am letzten Tag passiert war.

Doch sein Onkel schnitt ihm das Wort ab. Er wollte die

Geschichte von Anfang an wissen. Er hörte aufmerksam zu, als Alex seine Abenteuer mit dem Laptop erzählte, und unterbrach ihn nur hin und wieder, um eine Frage zu stellen oder etwas zu erklären.

Manche Geschichten entlockten ihm ein Lächeln, ein- oder zweimal lachte er laut auf. Am besten gefiel ihm seltsamerweise die Geschichte, wie Alex Sophie Reynolds mit dem Feuerlöscher vollgespritzt hatte. Alex musste es ihm gleich zweimal erzählen, und als er fertig war, knallte sein Patenonkel begeistert die Faust auf den Tisch.

„Fantastisch! Das sind genau die Fehler, die du machen sollst", sagte er und grinste noch breiter. „Bravo, mein Junge!"

Aber sein Lächeln erlosch, als Alex endlich zu den Ereignissen des vergangenen Tages kam: wie Mr Kowalski verhaftet wurde und Lilly sich das Bein brach und wie seine Eltern sich stritten, weil seine Mum nicht beim Vorstellungsgespräch gewesen war.

„Das Schlimmste ist, dass ich alles hätte verhindern können", seufzte Alex. „Nein, müssen! Du kannst dir nicht vorstellen, wie schlecht ich mich jetzt fühle ..."

„Ja, doch ..." Sein Patenonkel nickte mitfühlend. „Das ist nicht leicht, was?"

„Kannst du nicht irgendwas tun?", fragte Alex hoffnungsvoll.

„Wie meinst du das?"

„Na ja ... vielleicht kannst du einen Tag zurückgehen und etwas ändern." Alex zeigte auf den Palmtop auf dem Tisch. „Kann das neue Gerät so was?"

„Nein“, sagte sein Patenonkel. „Leider nicht.“

„Kann ich denn gar nichts tun?“

„Du kannst nur eins tun – wie immer wenn du einen Fehler gemacht hast“, sagte Onkel John. „Dir vornehmen, dass du es das nächste Mal besser machst.“

„Oh“, sagte Alex enttäuscht.

„Und dich bei allen entschuldigen, die du in die Klemme gebracht hast, natürlich.“ Onkel John steckte den letzten Bissen Brot in den Mund und spülte ihn mit seinem dritten Becher Kaffee hinunter. Dann lehnte er sich auf seinem Stuhl zurück. „Frag mich nicht, warum, aber dieser Teil erscheint mir absolut unverzichtbar.“ Er zeigte mit dem Finger auf Alex. „Mein Rat ist also, dass du zu Mr Kowalski rübergehst, dich bei ihm entschuldigst und ihm versprichst, ihn nie wieder bei der Polizei anzuzeigen. Jedenfalls nicht ohne einen funktionierenden Zeitcomputer.“

Zu Mr Kowalski gehen, war wirklich das Letzte, was Alex wollte. Der alte Mann wusste vielleicht gar nicht, dass er die Polizei angerufen hatte, und falls doch, war er mit Sicherheit stocksauer. Plötzlich erinnerte er sich, wie Mr Kowalski mit dem Luftgewehr auf den Hund in seinem Garten gezielt hatte.

„Und was ist“, sagte er, „wenn Mr Kowalski richtig böse wird, wenn er mich sieht?“

Sein Patenonkel lachte leise. „Oh, du wirst es überleben!“, erwiderte er.

„Meinst du?“

„Aber natürlich“, versicherte Onkel John. „Keine Frage!

Schließlich habe ich das hier, okay?“ Er hielt seinen Palmtop hoch. „Ich würde dich doch nicht zu Mr Kowalski schicken, wenn ich nicht wüsste, dass es gut ausgeht.“

Alex dachte einen Augenblick nach. „Nein, wahrscheinlich nicht. Und du meinst, ich soll dann auch zu Callum gehen und … zu meinen Eltern?“

„Also mit Callum musst du unbedingt sprechen – er ist ja schließlich dein Freund.“ Sein Patenonkel schwieg einen Augenblick, ehe er fortfuhr: „Aber deinen Eltern brauchst du nichts zu sagen, denke ich. Wofür sollst du dich auch entschuldigen? Du hast ja nichts getan. Dein Vater hat schon Recht: Das haben sie ganz allein verbockt!“ Er lachte wieder. „Mir scheint, sie haben viel größere Fehler gemacht als du!“

„Du tust immer so, als ob es was Gutes wäre, wenn man Fehler macht“, sagte Alex leicht verwirrt.

„Ja, aber das stimmt doch auch!“ Onkel John strahlte ihn über den Tisch hinweg an. „Deshalb hab ich dir doch den Laptop geschickt oder hast du das schon vergessen? Damit du viele Fehler machen kannst.“

„Ja“, sagte Alex. „Das hast du mir geschrieben. Aber ich hab nie verstanden, warum …“

„Weil jeder Fehler machen muss, Alex. Nur so lernt man dazu“, erwiderte Onkel John. Seine Augen blitzten unter den buschigen Augenbrauen. „Überleg doch nur, wie du als kleines Kind laufen gelernt hast. Du hast ein kleines Schrittchen gemacht, dann bist du hingefallen und wieder aufgestanden, dann hast du noch ein Schrittchen gemacht, bist wieder hingefallen und wieder aufgestanden ... Auf diese Weise lernen wir alle. Wir probieren etwas aus, machen es falsch und versuchen es noch mal."

Er beugte sich über den Tisch zu Alex vor. „Was wäre passiert, wenn du als kleines Kind nach dem ersten Hinfallen aufgegeben hättest? Dann würdest du jetzt noch am Boden herumkrabbeln. Nein, nein ..." Onkel John schüttelte energisch den Kopf. „Für die Fehler, die man macht, muss man sich nicht schämen, Alex. Durch Fehler lernen wir, werden erwachsen, und dazu sind wir doch in erster Linie da – um zu lernen und erwachsen zu werden, oder etwa nicht?"

Alex öffnete den Mund, um etwas zu erwidern, aber Onkel John zog ihn bereits auf die Füße. „Und jetzt geh rüber zu Mr Kowalski", sagte er und schaute auf seine Uhr. „Dein Vater kommt in zweieinhalb Minuten nach Hause und ich möchte ihn unter vier Augen sprechen."

Mr Kowalski winkte Alex freundlich zu, als er ihn den Weg heraufkommen sah. Er stand auf einer Trittleiter am offenen Fenster und zog mit einem Hammer die Nägel heraus, mit denen er die Vorhänge am Fensterrahmen befestigt hatte, damit niemand hineinsehen konnte.

„Tür ist offen, Alex!", rief er. „Komm nur rein!"

Alex ging durchs Esszimmer, das jetzt ohne die Vorhänge ganz anders aussah. Die Fenster standen weit offen und ein frischer Wind wehte vom Garten herein.

„Schön, dass du kommst mich besuchen." Mr Kowalski

stieg von der Leiter herunter und deutete auf einen Stuhl. „Setz dich, Alex. Hast du schon gehört, was gestern ist passiert?“

„Ja, hab ich. Und deshalb bin ich …“

„Schlimme Geschichte.“ Mr Kowalski schüttelte den Kopf. „Sehr schlecht. Aber wir sprechen nicht darüber. Nein, wir essen Kuchen.“ Mr Kowalski ging zum Tisch hinüber. „Ist polnischer Kuchen. Heißt *szarlotka.* Habe ich extra für dich gemacht.“

„Mr Kowalski“, sagte Alex. „Ich bin gekommen, um mich bei Ihnen zu entschuldigen.“

„Entschuldigen?“ Mr Kowalski schnitt geschäftig ein dickes Stück Kuchen ab und legte es auf einen Teller. „Warum entschuldigen?“

Wenn Mr Kowalski nur nicht so furchtbar nett wäre! Alex wünschte sich beinahe, dass er wieder miesepetrig und brummig wäre, statt ihn anzusehen wie jetzt – so freundlich und mitfühlend.

„Ich wollte mich entschuldigen …“, fing Alex noch einmal an und holte tief Luft, „… weil ich die Polizei wegen der Schlange angerufen habe.“

Ein paar Sekunden lang sagte Mr Kowalski gar nichts. Er runzelte die Stirn und starrte verständnislos auf Alex herunter.

„Du? Du hast Polizei angerufen?“

„Ja.“ Alex fühlte sich so elend wie noch nie in seinem Leben. „Es tut mir leid. Ich wollte nicht, dass Sie Ärger bekommen. Ich wollte nur herausfinden, was passieren würde.

Ich wollte nie, dass Sie verhaftet werden und dass man Ihnen die Schlange wegnimmt …"

„Woher weißt du denn von Saskia?", fragte Mr Kowalski.

„Na ja, ich hab sie gesehen …"

„Wann?"

„I-ich war in Ihrem Haus …" Alex spürte, dass er rot wurde. „Als Sie draußen waren."

„Ah …" Der alte Mann stieß einen langen Seufzer aus, dann setzte er sich langsam auf einen Stuhl.

„Es tut mir wirklich leid, Mr Kowalski. Ich wollte Ihnen doch nichts Böses antun."

Mr Kowalski antwortete nicht, sondern starrte eine Weile stumm auf den Teppich. Endlich machte er eine leichte Handbewegung. „Ist nicht so schlimm", sagte er.

„Wirklich?"

„Polizei sagt mir, nix Anzeige. Auch kein Bußgeld. Kein Gefängnis."

„Oh", sagte Alex. „Und was ist mit …?"

„Saskia ist in Zoo. Wollten sie gerne haben dort. Ist bestimmt glücklicher so. Und ich darf sie besuchen kommen, wann ich will."

„Oh. Gut."

„Heute Morgen habe ich meine Tochter angerufen und ihr gesagt. Sie kommt hierher, zieht zu mir. Mit meiner Enkeltochter." Er deutete auf den Raum hinter sich. „Muss ich noch viel putzen, verstehst du?"

„Ja, das kann ich mir vorstellen", sagte Alex. „Darf ich Ihnen helfen?"

Es war das Mindeste, was er unter diesen Umständen für Mr Kowalski tun konnte.

In der nächsten Stunde half er beim Staubsaugen und Staubwischen und trug die alten Zeitungen, die dem Python als Schlafunterlage gedient hatten, zum Verbrennen in den Garten.

Als sie ungefähr die Hälfte geschafft hatten, legten sie eine Pause ein, und Alex bekam ein zweites Stück polnischen Kuchen und etwas zu trinken.

„Alex?“, sagte Mr Kowalski. „Wenn Enkeltochter kommt, dann du musst kommen uns besuchen und ihr Hallo sagen, ja?“

„Ja, klar“, sagte Alex. „Und ich wollte fragen, ob ich mitkommen darf, wenn Sie Saskia im Zoo besuchen?“

Ein freudiges Lächeln breitete sich auf dem Gesicht des alten Mannes aus.

„Aber ja, gern, mein junger Freund“, sagte er. „Ist versprochen, ja?“

Als Alex an der Haustür der Bannisters klingelte, machte Callums Vater auf. Alex fragte ihn, wie es Lilly ginge.

„Schon besser, danke“, sagte Mr Bannister. „Die Ärzte sagen, es wird wieder. Ich gehe später mit Callum zu ihr, aber ich wollte hier erst mal ein bisschen aufräumen. Hast du schon von dem Einbruch gehört?“

„Einbruch!“, rief Alex. „Nein. Was ist denn passiert?“

„Gestern Nacht, als wir nicht da waren, ist jemand hier eingebrochen“, erzählte Mr Bannister. „Du kannst dir nicht vorstellen, was wir heute Morgen für ein Chaos vorgefunden haben. Zum Glück fehlt nichts. Die Polizei meint, das waren irgendwelche Randalierer aus der Gegend. Sie sind durch die Terrassentür hereingekommen." Er schaute auf Alex herunter. „Willst du zu Callum?"

„Ja bitte, wenn Sie nichts dagegen haben."

„Ganz und gar nicht. Ich bin froh, dass du da bist – Callum kann ein bisschen Aufmunterung gebrauchen." Mr Bannister ging in Richtung Küche davon. „Er hat sich gestern furchtbar aufgeregt. Fast so, als ob er schuld an dem Unfall gewesen wäre."

Callum lag auf seinem Bett und starrte finster an die Decke.

„Es war meine Schuld", sagte Callum, sobald Alex hereinkam. Er erzählte ihm, was am Tag zuvor passiert war. „Wenn ich doch nur dran gedacht hätte, dass ich das Kabel noch hatte! Oder früher angerufen hätte. Oder Mrs Penrose gesagt hätte, dass sie es dir persönlich geben soll. Mann, wie konnte ich nur so dumm sein!"

„Ich habe mit deinem Dad gesprochen", sagte Alex. „Er sagt, du hast Lilly gefunden. Und wenn du nicht sofort Alarm geschlagen hättest, wäre es noch viel schlimmer ausgegangen."

Callum zuckte die Schultern. „Trotzdem – das mit dem Kabel hätte mir nicht passieren dürfen."

„Mein Patenonkel sagt, wir machen alle Fehler", tröstete Alex ihn. „Das müssen wir sogar, meint er. Weil man nur so dazulernt."

„Ehrlich?“ Callum überlegte einen Augenblick. „Und das soll jetzt was nützen? Tut es aber nicht.“

Und Alex musste ihm Recht geben: Es half tatsächlich nicht viel.

„Und? Wie war's?“, fragte Onkel John, als Alex nach Hause zurückkam.

„Nicht so schlimm, wie ich dachte“, sagte Alex.

„Gut, gut.“ Der Onkel stand im Flur und zog seine Jacke an, während Alex' Vater in der Küche hantierte.

„Ich fahre deinen Vater in die Stadt“, erklärte Onkel John. „Wir besuchen deine Mutter. Willst du mitkommen?“

„Ähm …“, sagte Alex.

„Natürlich kommst du mit!“ Sein Patenonkel schlug ihm auf die Schulter und fügte mit gesenkter Stimme hinzu: „Keine Bange, wird schon alles gut.“ Er deutete auf den Palmtop in seiner Tasche. „Ich hab das schon mal gemacht und da lief es hervorragend.“

Kapitel 14

Alex war erst einmal in der Autowerkstatt gewesen, in der seine Mum arbeitete, kurz nachdem sie hier angefangen hatte. Damals war der Empfangsbereich schmuddelig und schummrig gewesen und alles andere als einladend. Jetzt war er sauber und frisch gestrichen. Für die Kunden standen bequeme Stühle im Wartebereich bereit. Eine Kaffeemaschine lieferte frischen Kaffee und im Hintergrund spielte leise Musik.

Von Mrs Howard war allerdings nichts zu sehen.

„Falls Sie Lois suchen", sagte eine Frau mittleren Alters, die neben der Empfangstheke stand, „die ist in der Werkstatt hinten." Sie deutete auf eine gläserne Trennwand, hinter der Männer in Overalls zu sehen waren, die an verschiedenen Autos arbeiteten. Ein Wagen war auf einer Rampe hochgefahren worden und Alex' Mum stand mit einem der Mechaniker darunter.

„Es dauert nicht lange", erklärte die Frau. „Sie wechselt nur schnell meine Bremsflüssigkeit."

Alex schaute zu, wie seine Mum unter den Wagen spähte, mit einem Schraubenzieher auf ein Metallteil klopfte und ein Stück weiter hinten an einer Rohrleitung zog. Sie bewegte sich leicht und selbstverständlich, wie jemand, der sein Handwerk versteht, und der Mechaniker neben ihr hörte aufmerksam zu, wenn sie etwas zu ihm sagte.

„Ich bin zum ersten Mal hier", sagte Alex' Patenonkel zu der Frau am Empfang. „Darf ich Sie fragen, ob die Werkstatt hier zuverlässig ist?"

„Aber ja, erstklassig", versicherte die Frau. „Wenn Sie

allerdings was Besonderes haben, sollten Sie sich unbedingt an Lois wenden. Sie ist die Chefin."

„Die Chefin?" Alex' Vater trat einen Schritt vor. „Ich dachte, sie arbeitet als Sekretärin?"

„Na ja, eigentlich macht sie alles hier", entgegnete die Frau. „Jedenfalls seit Mr Fothergill herzkrank ist. Lois ist Sekretärin, Chefmechanikerin, Geschäftsleiterin, alles auf einmal ..."

Mr Howard runzelte die Stirn. „Mr Fothergill ist krank?"

„Ja, schon seit fast sechs Monaten", sagte die Frau. „Deshalb hat Lois die Sache in die Hand genommen. Das ist alles ihr Werk!" Sie deutete auf den Empfangsbereich. „Sie hätten den Laden mal vorher sehen sollen! Aber wenn Sie mit Lois sprechen wollen, müssen Sie vor halb vier herkommen. Sie geht meistens früher nach Hause, weil sie sich um ihren Sohn kümmern muss."

„Dann können Sie mir die Werkstatt also empfehlen?", fragte Alex' Patenonkel.

„Na und ob! Ich würde in keine andere gehen." Die Frau seufzte tief. „Leider will Lois bald kündigen und einen Job als Buchhalterin annehmen. Sie wird uns fehlen, das kann ich Ihnen sagen. Na ja, wir müssen eben das Beste draus machen, solange sie noch hier ist."

Onkel John bedankte sich für die Auskunft und ging mit Alex und seinem Vater hinaus. Draußen im Hof der Werkstatt wandte er sich an Mr Howard.

„Und?", fragte er.

Mr Howard sah ziemlich überwältigt aus. „Du hast

Recht", sagte er schließlich. „Ich … ich hatte ja keine Ahnung!"

Alex' Patenonkel klopfte ihm auf die Schulter. „Nein, natürlich nicht. Also sagst du's ihr jetzt?"

„Ähm …" Mr Howard blickte nervös zur Werkstatt zurück. Seine Frau war gerade herausgekommen und redete mit der Kundin vor der Theke. „Ja, ich denke schon. Wenn wirklich ihr Herz dran hängt." Er schaute Onkel John an. „Und du bist sicher, dass sie das will?"

„Hundertprozentig", bestätigte Onkel John. „Aber was fragst du mich? Geh hin und rede mit ihr!"

„Ja." Mr Howard holte tief Luft und drückte die Schultern durch. „Ja, das werde ich dann wohl tun." Er drehte sich um und ging in die Werkstatt hinein.

„Lass dir nur Zeit", rief Onkel John ihm hinterher. „Ich kümmere mich um Alex!"

Alex wusste nicht genau, was im Busch war, aber es schien wichtig zu sein. Er wollte hinter seinem Vater hergehen, doch Onkel John scheuchte ihn energisch zum Auto zurück.

„Wir beide halten uns da raus, mein Junge. Was Besseres können wir momentan nicht tun", sagte er. „Ich hoffe, er hat es diesmal kapiert."

„Was kapiert?", fragte Alex. „Ich versteh nur Bahnhof. Was soll er zu Mum sagen?"

„Also gut." Onkel John öffnete die Wagentür und setzte sich auf den Fahrersitz. „Ich denke, du hast ein Recht darauf, es zu erfahren." Er wartete, bis Alex auf der anderen

Seite eingestiegen war. „Dein Vater hat die ganze Zeit Himmel und Hölle in Bewegung gesetzt, um deiner Mutter einen Job als Buchhalterin zu beschaffen, und jetzt muss er auf einmal einsehen, dass sie das gar nicht will."

„Ehrlich? Sie will nicht?", sagte Alex verblüfft und schüttelte ungläubig den Kopf. Seit er denken konnte, redete seine Mum von dem Buchhalterjob. „Aber sie hat sich doch so drauf gefreut! Sie wollte mit Dad eine Buchhaltungskanzlei eröffnen."

„Ja, ursprünglich schon", stimmte Onkel John zu. „Aber im letzten Jahr hat sie sich's anders überlegt. Weil sie etwas gefunden hat, was ihr besser gefällt."

„Oh", sagte Alex. In seinem Kopf fügte sich jetzt einiges zusammen wie bei einem Puzzle. Die Art, wie seine Mum sich bewegt hatte, so sicher und selbstverständlich, als sie den Wagen auf der Rampe inspizierte. Das Gespräch mit der Kundin, die gesagt hatte, dass seine Mum in Wahrheit den ganzen Laden managte. Der alte TR4, an dem sie in den letzten beiden Jahren herumgebastelt hatte. Und dass die Leute aus der Nachbarschaft alle zu ihr kamen, wenn sie Probleme mit ihren Autos hatten.

„Mum will in der Werkstatt arbeiten", sagte er. Warum hatte er das nicht schon längst begriffen?

„Ja, sieht ganz danach aus." Sein Patenonkel stellte den Rückspiegel so ein, dass er sehen konnte, was hinter ihm im Empfangsbereich vorging.

„Aber warum sagt sie dann nichts, wenn sie lieber in der Werkstatt arbeiten will?", fragte Alex.

„Ja, das war ihr großer Fehler." Onkel John schaute immer noch in den Spiegel. „Aber sie wusste es anfangs ja selbst nicht, und als ihr endlich klar war, was sie wollte, traute sie sich nicht, mit deinem Vater zu reden, weil sie ihn nicht kränken wollte. Schließlich arbeiten sie seit Jahren auf diese Buchhaltungskanzlei hin, das hast du ja selber gesagt. Wenn man so viel Zeit und Geld investiert hat, ist es nicht einfach, plötzlich Farbe zu bekennen und zuzugeben, dass man es sich anders überlegt hat."

Alex dachte daran, wie sein Vater stundenlang mit seiner Mutter für die Prüfungen gepaukt hatte, nur damit sie sich eines Tages selbstständig machen konnten. Und jetzt, als endlich das Ziel in greifbare Nähe gerückt war, sollte seine Mum ihm sagen, dass sie lieber etwas anderes machen wollte? Das war verdammt schwer – noch schwieriger, als zu Mr Kowalski zu gehen und ihm den Anruf bei der Polizei zu beichten.

„Und dein Dad hat den Fehler gemacht, deine Mum in etwas hineinzudrängen, was sie gar nicht wollte", fuhr sein Patenonkel fort. „Das steckte in Wahrheit dahinter, wenn sie sich wegen lächerlicher Kleinigkeiten gestritten haben, wie zum Beispiel einem Schraubenzieher oder einem Geschirrtuch. Dein Vater war böse, weil deine Mum sich seiner Meinung nach nicht wirklich ins Zeug gelegt hat, und deine Mum wollte gar nicht." Onkel John blickte immer noch in den Spiegel. „Und jetzt will er ihr sagen, dass es okay für ihn ist, wenn sie in der Werkstatt arbeitet, und dass er nichts dagegen hat. Na ja, nicht viel jedenfalls."

„Und dann ist alles wieder in Ordnung?“, fragte Alex.

„Ich denke schon ... wenn er es richtig anfängt“, erwiderte sein Patenonkel lächelnd. „Und wenn nicht, drehe ich einfach die Zeit zurück und lasse es ihn gleich noch mal machen.“

Alex wandte sich auf seinem Sitz um. Durch das Rückfenster konnte er seine Eltern sehen, die im Empfangsbereich saßen und miteinander redeten. Von hier aus ließ sich schwer beurteilen, wie die Dinge liefen. Das Gespräch war sehr lebhaft, aber sie stritten und schrien nicht, was sicher ein gutes Zeichen war. Dann weinte seine Mum, und im nächsten Moment lachte sie wieder, lachte und weinte gleichzeitig, und schließlich streckte sie die Arme aus und umarmte seinen Dad. Sie hielt ihn ganz fest, als wollte sie ihn nie wieder loslassen, und jetzt lachten sie beide ...

„Oh ja ...“ Onkel John lächelte zufrieden. „Das sieht sehr vielversprechend aus.“ Dann drehte er sich zu Alex um. „Komm schon, Junge, es wird Zeit, dass ich dich nach Hause bringe.“

Es war fast eins, als sie zum Oakwood Close zurückkamen. „Mittagessenszeit“, verkündete Onkel John. „Und du isst heute bei Mr Kowalski.“

„Ehrlich?“, fragte Alex.

„In einer Minute kommt Callum rüber und erzählt es dir.“ Onkel John stellte den Motor ab. „Er platzt fast vor Freude, weil Lilly heute Nachmittag aus dem Krankenhaus zurückkommt. Das wird er dir als Erstes erzählen, und dann sagt er dir, dass ihr zum Mittagessen eingeladen seid. Wenn ich jetzt mit dir reingehe, werde ich auch eingeladen, aber du wirst verstehen, dass ich das nicht noch mal mache." Gähnend fügte er hinzu: „Ich muss nämlich um fünf Uhr in Rom sein."

„Noch mal?", fragte Alex. „Du meinst, du hast das Mittagessen schon mal gehabt?"

„Zweimal", sagte Onkel John und hielt seinen Palmtop hoch. „Und das Essen war köstlich. Aber lass die Finger vom *golabki*. Da ist massenhaft Kohl drin."

„Oh", sagte Alex. „Gut."

„Nach dem Essen spielt ihr mit Mischka, Mr Kowalskis Enkelin, und ihr werdet jede Menge Spaß haben. Es wird ein toller Nachmittag. Außer dass Callum sich die Hand an einem Backstein zerschmettert, aber das kriegst du wieder hin, was? Mit deinem Laptop?"

Alex fand es ein bisschen gruselig, dass sein Patenonkel ihm erzählte, was an diesem Tag alles passieren würde, weil er es schon einmal – nein, zweimal! – erlebt hatte. Jetzt verstand er, was Callum in den letzten Wochen durchgemacht haben musste. Obwohl es natürlich auch beruhigend war, wenn man schon im Voraus wusste, dass alles gut ausging.

„Deine Eltern kommen gegen halb drei zurück, aber rechne nicht damit, dass du vor dem Abendessen viel von ihnen zu sehen bekommst", fuhr Onkel John fort. „Dein Vater setzt sich an den Schreibtisch und prüft die Rechnungsbücher der Werkstatt, und er arbeitet einen Deal aus, wie deine Mum die Firma in aller Form übernehmen kann. Beide sind Feuer und Flamme dafür, du wirst schon sehen. Und wieso auch nicht?"

„Und meinst du wirklich, dass dann alles in Ordnung ist?", fragte Alex. „Ich meine, zwischen meinen Eltern? Dass sie wieder glücklich sind?"

„Überglücklich, würde ich sagen." Onkel John nickte entschieden. „Jedenfalls ist das meistens so, wenn die Leute machen, was ihnen gefällt."

„Und es gibt auch keinen Streit mehr?"

„Nein, keinen Streit", bestätigte Onkel John. „Bis sie den nächsten Fehler machen ..."

„Oh ..." Alex unterdrückte einen Anflug von Enttäuschung. „Du meinst also, dass sie wieder einen machen?"

„Das wird nicht ausbleiben, fürchte ich." Onkel John schaute ihn mitfühlend an. „Wir machen doch alle Fehler, vergiss das nicht. Jeder von uns. Immer wieder."

„Du auch?"

„Oh, ja. Jeden Tag." Onkel John lehnte sich auf seinem Sitz zurück. „Aber das ist nicht schlimm – nichts, worüber man sich aufregen muss." Er legte eine Hand auf Alex' Schulter. „Deine Eltern werden noch mehr Fehler machen, genau wie du und ich, aber das macht nichts, weil wir ..."

„... nur so dazulernen", beendete Alex seinen Satz.

„Ganz genau!" Sein Patenonkel lächelte, dann drückte er auf den Knopf an seinem Fenster und ließ die Scheibe aufgleiten.

„He, weißt du was?“ Callum stand draußen und beugte sich vor, um mit Alex zu sprechen. „Rate mal! Darauf kommst du nie!“ Er klang viel fröhlicher als am Morgen.

„Lilly darf heute Nachmittag nach Hause und Mr Kowalski hat uns zum Essen eingeladen“, sagte Alex.

„Woher … woher weißt du das?“ Callum runzelte die Stirn. „Hast du den Tag schon mal erlebt?“

„Nein, ich nicht“, sagte Alex. „Aber mein Patenonkel.“

„Oh.“ Callum grinste Onkel John fröhlich an. „Hi!“, sagte er und wandte sich wieder an Alex. „Mr Kowalskis Enkelin ist da und weißt du was? Die kann Ziegelsteine mit der bloßen Hand zerschmettern! Sie macht nämlich Karate und ist supergut. Das musst du dir ansehen!“

„Ich komme gleich“, sagte Alex. „Ich muss mich nur noch verabschieden.“

„Gut, ich denke, ich habe dir jetzt alles erzählt“, sagte Onkel John, als Callum nach Hause gegangen war. „Deine Eltern kommen gegen halb drei zurück, iss keine *golabki* und pass auf deinen Freund auf, wenn er die Ziegelsteinnummer ausprobiert …“ Lächelnd drehte er sich zu Alex um. „Sonst noch etwas, worüber wir reden müssen?“

„Nein, ich glaub nicht“, sagte Alex, „außer … dass ich Danke sagen wollte. Für alles. Für Mum und Dad. Dass du mir geholfen hast, die Sache mit Mr Kowalski auszubügeln. Dass du mir gesagt hast, was ich tun muss. Einfach für alles. Es war super!“

„Ach, das war doch nichts“, sagte Onkel John, aber er sah hocherfreut aus.

„Und danke auch für den Laptop natürlich“, fügte Alex hinzu. „Das ist so ein tolles Geschenk. Ehrlich. Das beste, das ich je bekommen habe.“

„Aha! Na, dann warte erst mal ab, was du zu deinem nächsten Geburtstag bekommst!“ Onkel John lachte leise vor sich hin. „Du hast doch hoffentlich keine Höhenangst? Weil es nämlich auch etwas ist, was du vor deinen Eltern verstecken musst.“ Er drehte den Zündschlüssel herum. „Also, wenn du nichts mehr auf dem Herzen hast, dann muss ich jetzt …“

„Doch, warte, da ist noch was …“

„Ja?“

„Du hast doch gesagt, es gäbe mindestens siebenundzwanzig Methoden, wie man mit dem Laptop Geld verdienen kann.“

„Ja? Und?“

„Also kannst du mir vielleicht ein paar davon verraten?“

Alex’ Patenonkel überlegte einen Augenblick, dann griff er in sein Jackett und holte Papier und Bleistift hervor.

„Ich verrate dir die ersten drei“, sagte er. „Den Rest musst du selbst ausknobeln.“

Kurz darauf stand Alex in der Einfahrt und studierte den Zettel, den sein Patenonkel geschrieben hatte. Die erste Idee war so einfach, dass er nur den Kopf schüttelte. Warum war er nicht selber draufgekommen? Und die zweite war … na ja … clever. Er würde Callum dazu brauchen, aber auch das konnte nicht allzu schwierig sein.

Lautes Hupen riss ihn aus seinen Gedanken. Sein Patenonkel rollte aus der Einfahrt und winkte mit einer Hand aus dem Fenster. Bevor er die Straße hinunter verschwand, hörte Alex ihn etwas sagen. Die Worte gingen fast im Motorlärm unter, aber Alex verstand sie trotzdem.

„Viel Spaß mit dem Laptop!“, rief ihm sein Onkel zu. „Und mach viele Fehler!“

Und genau das macht Alex seither.

Andrew Norriss wurde 1947 in Schottland geboren, besuchte die Universität in Irland und arbeitete zehn Jahre als Geschichtslehrer in England, bevor er sich ganz dem Schreiben widmete. Er verfasste zahlreiche Drehbücher und viele Kinderbücher und wurde unter anderem mit dem Whitbread Award ausgezeichnet. Heute lebt er mit seiner Frau und seinen beiden Kindern in einem englischen Dorf. Er spielt im Laientheater (Durchschnittsalter zweiundsechzig), singt im Kirchenchor (Durchschnittsalter zweiundsiebzig) und fährt, wenn er in Abenteuerstimmung ist, in die nächstgelegene Stadt und geht ins Kino.

Heribert Schulmeyer. geboren 1954, ist Illustrator und Comiczeichner. Er studierte freie Grafik und Illustration an der Kölner Werkschule, unter anderem bei Heinz Edelmann und Daniel Spoerri. Er arbeitet unter anderem für „Die Sendung mit der Maus" beim WDR und illustrierte schon viele Kinder- und Jugendbücher. Heribert Schulmeyer lebt in Köln.